楚辭要籍叢刊

楚辭燈

【清】林雲銘 撰

于淑娟 點校

上海古籍出版社

本書爲「十三五」國家重點圖書出版規劃項目
本書爲二〇一一—二〇二〇年國家古籍整理出版規劃項目
本書爲二〇一八年國家古籍整理出版資助項目
本書爲浙江師範大學中國語言文學一流學科建設成果
本書爲教育部人文社會科學規劃基金項目成果

楚辭燈卷之一

晉安林雲銘西仲論述

男　沅芷之較

○離騷

帝高陽之苗裔兮○顓頊後與楚同姓爲世官朕皇考

高陽之苗裔兮○便有宗國不可去之義隨斗柄正月

曰伯庸原父攝提貞于孟陬兮指于寅方是生于正月

攝提貞于孟陬兮惟庚寅吾以降寅得人道之正氣象便與皇

覽揆余于初度兮肇錫余以嘉名尤人不同父視西

撫之知余長成時必無別行如擇其名之美者而視名

命之下文許多度字倶本於此譔註時節欠妥名

挹奎樓

卷之一

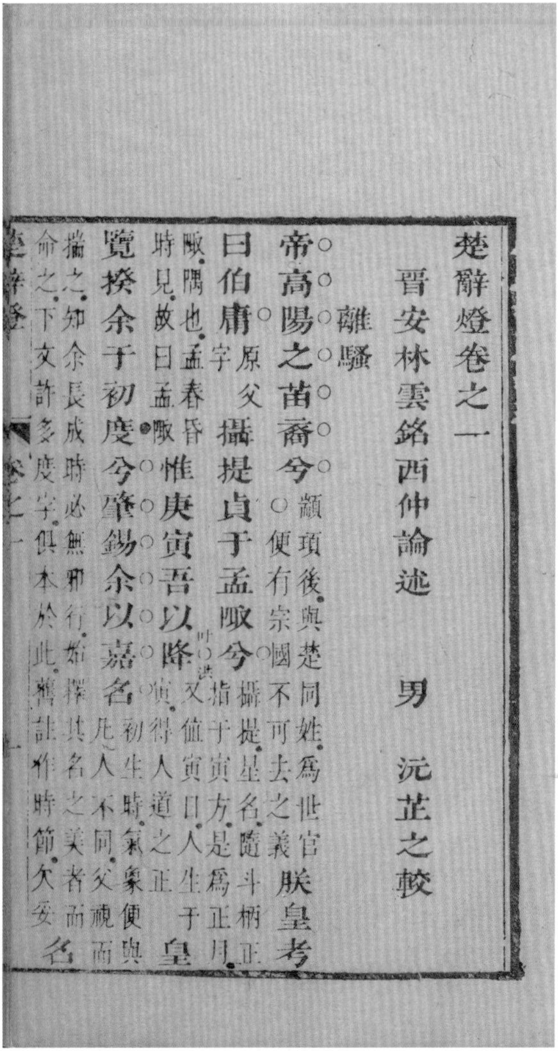

清康熙三十六年挹奎樓自刊本《楚辭燈》書影

楚辭要籍叢刊導言

黃靈庚

楚辭首先是詩，與詩經是中國詩歌史上的兩大派系，好比是長江與大河，同發源於崑崙山，然後分南北兩大水系。大河奔出龍門，一瀉千里，蜿蜒於中原大地，孕育出帶上北國淳厚氣息的國風；而長江闖過三峽，九曲十灣，折衝於江漢平原，開創出富有南國絢麗色彩的楚辭。

「楚辭」這個名稱，始於漢代，是漢人對於戰國時期南方文學的總結。「楚辭」既指繼承詩經之後，在南方楚國發展起來的新體詩歌，標誌着中國文學又進入了一個輝煌的時代；又是中國詩歌由民間集體創作進入了詩人個性化創作的時代，而屈原無疑是創作這種新歌體的最傑出的代表，創造出了「驚采絶豔，難與並能」的離騷、九歌、天問、九章、遠遊、卜居、漁父等不朽的名作。

屈原的弟子宋玉、景差及入漢以後的辭賦作家，承傳屈原開創的詩風，相繼創作了九辯、招魂、大招、惜誓、招隱士、七諫、哀時命、九懷、九歎、九思等摹擬騷體之作，被後世稱之爲「騷體詩」。據説是西漢之末的劉向，將此類詩賦彙輯成一個詩歌總集，取名爲「楚辭」。再以後，東漢王逸爲劉向的這個總集做了注解，這就是至今還在流傳的王逸楚辭章句十七卷的本子，是現存的最早的楚辭文獻，也是我們今天學習楚辭最好的讀本。

「楚辭」之所以名「楚」，表明了所輯詩歌的地方特徵。宋黄伯思業已指出：「蓋屈、宋諸騷，皆書楚語，作楚聲，紀楚地，名楚物，故可謂之『楚詞』。若些、只、羌、誶、蹇、紛、侘傺者，楚語也；頓挫悲壯，或韻或否者，楚聲也；沅、湘、江、澧、修門、夏首者，楚地也；蘭、茝、荃、葯、蕙、若、蘋、蘅者，楚物也；他皆率若此，故以『楚』名之」。其雖然説出了「楚辭」所以名「楚」的緣由，而没有進一步指出名「辭」的來歷。辭，也可以寫作「詞」。楚辭詩句之中都有感歎詞「兮」字。這個「兮」字，古人統歸屬於「詞」，古音讀作「呵」，是最富於表達、抒發詩人的情感的感歎詞。這也是楚辭句式的顯著特點。「楚辭」之又所以稱「辭」，是與用了這個「兮」字有關係。

楚辭的句式比較靈活，四言、五言、六言、七言不等，參差變化，不限一格，一改詩經以四言爲主的呆板模式。詩經的篇章結構以短章重疊爲主，短則數十字，長則百餘字，内容相對單一，只截取生活中一個片斷，無法敘述比較複雜、曲折、完整的故事。楚辭突破了這個局限，像離騷這樣的宏篇巨製，洋洋灑灑，三百七十三句，二千四百九十字，至今仍是最偉大的浪漫主義抒情長詩，表現了詩人自幼至老、從參與時政到遭讒被疏，極其曲折的生命歷程；撫今思古，上天入地，抒瀉了在較大時空跨度中的複雜情感。從音樂結構分析，楚辭和詩經一樣，原本都是配上音樂的樂歌。詩經只是一遍又一遍的短章重複演奏，而楚辭有「倡曰」、「少歌曰」、「重曰」，表示樂章的變化，比詩經豐富得多。最後一章，必是衆樂齊鳴，五音繁會，氣勢宏大的「亂曰」。

楚辭的地方特徵，不僅僅是詩歌形式上的變化和突破，更重要的在於精神内容方面的因素。南國楚地三千里，風光秀麗，山川奇崛，楚人既沾濡南國風土的靈氣，又秉習其民族素有「剽輕」的遺風，陶鑄了楚人所特有的品格。楚辭更是「得江山之助」，在聲韻、風情、審美取向、精神氣質等方面，無不深深地烙上了南方特色的印記，染上了濃厚的「巫風」、神怪氣象，動輒駕龍驂鳳，驅役神鬼，遨遊天庭，無所不至。至其抒發情感，激越獷放，一瀉如注，較少淳厚平和的理性思辨，和中原文化所宣導的「不語怪力亂神」、「温柔敦厚」風氣比較，確實有些區別。

屈原是一位富於創造精神的文化巨匠，他置身於大河、長江的崑崙源頭，俯視於南北文化交融的臨界綫。一方面既保持着楚人特有民族性格，自强不息的精神面貌，富有想象的浪漫情調；另一方面又廣泛吸取、融會中原的理性思想，繼承詩經的道德傳統精神。故而在他的作品中，儘管有大江兩岸、南楚沅湘的旖旎風光、濃豔色彩，但幾乎不曾提到楚國的先王先賢，而連篇累牘的都是爲中原文化所公認的歷史人物：堯、舜、禹、湯、啓、后羿、澆、桀、紂、周文王、武王、皋陶、伊尹、傅説、比干、呂望、伯夷、叔齊、甯戚、伍子胥、百里奚等。在屈原的神話傳説中，除九歌中的湘君、湘夫人、山鬼三篇外，像太一、雲中君、東君、司命、河伯、女岐、望舒、雷師、屏翳、伏羲、女媧、虙妃等，都不是楚國固有的神靈，也没有一個是楚人所獨有的神話故事。離騷開頭稱自己是「帝高陽之苗裔」，高陽是黃帝的孫子，其發祥之地，在今河南省的濮陽，不也是中原人的先祖嗎？總之，楚辭是承接詩經之後的一種新詩體，二者同源於大中華文化，是不能割切開來的。更不能説，楚辭是獨立於中華文化以外的另一文化系統。如果片面强調楚辭的地域性、獨立性，也是不妥當的。

楚辭對於後世文學創作的影響是非常巨大的，像司馬遷、揚雄、張衡、曹植、阮籍、郭璞、陶淵明、李白、杜甫、李賀、李商隱、蘇軾、辛棄疾等各個歷史時期的名家巨子，沿波討源，循聲得實，都不同程度地從屈原的辭賦中汲取精華，吸收營養，形成了一個與詩經並峙的浪漫主義傳統的創作風格。在中國文學史上，後世習慣上説「風、騷並重」，指的是現實主義和浪漫主義的兩大傳統精神。由此想見，屈原對於中國文學的偉大貢獻是無與倫比的，屈騷傳統精神更是永恒不朽的。

正因如此，研究中國詩學，構建中國文學史及中國文化史，楚辭無論如何是繞不開的。而讀楚辭、研究楚辭，必須從其文獻起步。據相關書目文獻記載，自東漢王逸楚辭章句以來至晚清民初的兩千餘年間，各種不同的楚辭注本大約有二百十餘種。綜觀現存楚辭文獻，大抵以王逸章句與朱熹集注爲分界：在朱熹集注以前，基本上是承傳王逸章句，而明、清以後，基本上是承傳朱子集注。由我主編且於二〇一四年國家圖書館出版社出版的楚辭文獻叢刊，輯集了二百〇七種，應該蒐録的注本，基本上已彙輯於其中了。遺憾的是，由於這部叢書部帙巨大，發行量也極有限，普通讀者很難看到。且叢書爲據原書的影印本，没作校勘、標點，對於初學楚辭者，尤爲不便。

有鑑於此，我們與上海古籍出版社合作，從中遴選了二十五種，均在楚辭學史上具有影響，爲楚辭研究者必讀之作，分别予以整理出版，滿足當下學術研究的需要，而顔之曰楚辭要籍叢刊。其二十五種書是：漢王逸楚辭章句，宋洪興祖楚辭補注，宋朱熹楚辭集注，宋吴仁傑離騷草木疏，清祝德麟離騷草木疏辨證，宋錢杲之離騷集傳，明汪瑗楚辭集解，明陸時雍楚辭疏，明周拱辰離騷草木史，明陳第屈宋古音義，明黄文焕楚辭聽直，清林雲銘楚辭燈，清王夫之楚辭通釋，清丁晏楚辭天問箋，清蔣驥山帶閣注楚辭，清戴震屈原賦注附初稿本，清胡濬源楚辭新注求確，清陳本禮屈辭精義，清劉夢鵬屈子楚辭章句，清朱駿聲離騷賦補注，清王闓運楚辭釋，清馬其昶屈賦微附初稿本屈賦哲微，日本西村時彦楚辭纂説、屈原賦説，日本龜井昭陽楚辭玦等。參與點校者，皆多年從事中國古典文獻研究、尤其是楚辭文獻研究，是學養兼備的「行家裏手」，其對於所承擔整理的著作，從底本、參校本的選定，出校的原則及其前言的撰寫等，均一絲不苟，功力畢現，令人動容。但是，由於經驗、水平不足，受到各種條件限制（如個别參校本未能使用），且多數作品爲首次整理，頗有難度，因而存在各種問題，在所難免，其責任當然由我這個主編來承擔。敬請讀者批評指瑕，便於再版改正。

前言

林雲銘，生於明崇禎元年（一六二八），字道昭，號西仲，又號損齋，室名挹奎樓。自述籍於晉安，即福建侯官。父林兆熊，爲邑諸生。林雲銘弱冠之年舉於鄉，清順治十五年戊戌（一六五八）進士及第，後任徽州推官。在職九年，以聽斷聞名，精敏過人。康熙六年（一六六七）因裁缺歸鄉。康熙十三年（一六七四）耿精忠亂東南，林雲銘因不從，被囚十八月之久。耿亂平，始得釋，後寓居武林，賣文爲生，淪落困頓，期間與仇兆鼇、毛際可友洽。據林沅詳定合編古文析義跋中「歲甲戌，祝融爲虐，家徒四壁，嗣先君子丁丑見背」云云，可推知林雲銘卒於康熙三十六年丁丑（一六九七），時年六十九歲，葬於杭。清史稿有林雲銘及其妻蔡捷傳（蔡傳見清史稿列女傳），閩侯縣志民國二十二年刊本有其傳，較清史稿略詳盡。

林雲銘以詩書傳家，性剛直，忠良多義，四庫全書總目稱其「志操有足多者」。其父少時爲人構訟陷獄，幾不免。林雲銘因此發憤讀書，及至辭官歸鄉後，密疏向之構陷者罪狀，置之於法，終爲父伸冤。遇耿精忠亂，氣節凛然，終不屈從。子林沅，字芷之，亦以挹奎樓主人爲號，習詩書，並參與校理楚辭燈，於離騷、湘夫人、橘頌等部分篇章後有按語附識，考其所學，當源於其父。

林雲銘博學多智，好讀書，有「書癡」之稱。於官任上「每夜視獄，閒於諸子百家，率流覽成誦，旁及二氏，莫不搜抉奧藴，而能言其所以然」[二]。其著作頗豐，有挹奎樓文集十二卷、吴山鷇音八卷、讀莊子法一卷、增注莊子因六卷、損齋焚餘十卷、楚辭燈四卷，另有評選古文析義、韓文起、遊雨花臺記等，皆行於世。衆多論著中以楚辭燈、莊子因最爲有名，其楚辭燈流播甚廣，遠及東瀛，經多次刊印，版本衆多，影響也最大。

楚辭燈成書經歷極爲坎坷。林雲銘在序中自述：「余少癡妄，不達時宜，私謂用世可以得行其志，及筮仕後，所見所聞，皆非素習，以故動罹譴訶。每當讀騷，輒廢書痛哭，失聲仆地。」因其宦情蹭蹬，于屈子離騷特有感觸，故立志爲之疏注。楚辭燈當始作於徽州任所，但「時行時輟」，及至歸閩遇耿亂，書稿悉毀於兵燹。後徙居武林，應書商之請，「再注未就，又毀於回禄」。雖書稿兩遭焚毀，但思及「老傫異域，貧窶不能自存，且以四海之大，無一人能知余之爲人者，而畢生不踰跬步之志，九死不悔，在屈子未必不引以爲類」，於是至康熙三十五年（一六九六），「丙子良月，杜門追記，併補未注諸篇」，又「命余子沅録分四卷，顔之曰『燈』，庶屈子之文可以燭照無遺，即其志亦可以昭垂勿替，而萬世之綱常有賴矣」。至康熙丁丑（一六九七）孟春望日寫成序文，終脱稿付梓。

自宋以來，楚辭研究者著述動機除學術目的外，往往别有深意。如洪興祖楚辭補注、朱熹楚辭集注皆作於宋代家國危亡之際，除文字訓詁外，注重以儒家思想闡發義理，以振作士林，砥礪氣節。梁啓超在清代學術概論中論及明清之際學人時，就曾指出：「當時諸大師，皆遺老也。其於宗社之變，類含隱痛，志圖匡復，故好研究古今史迹成敗，地理厄塞，以及其他經世之務。」綜觀王夫之楚辭通釋、錢澄之屈詁，莫不如是。林雲銘少壯時雖任職清廷，但在遇裁歸鄉後，與明代遺民毛先舒、王晫、鄭郟等人往來密切，思想發生了顯著的變化。他在南窗文略序中追悔「少失之括帖，壯失之簿書，復苦於功之不專。四十以後方知決策還山」。在經歷仕宦之險惡、戰亂之危亡後，特殊的身世際遇使他引屈子爲千古知己。他認爲「屈子以王者之佐，生於亂國宗族，志無所伸，義無所逃，不得已以一身肩萬世之綱常，寄之於文以自見」。林雲銘亦正是借注屈申明己志，痛澆塊壘。可以説，楚辭燈的著述動機與明末清初的學者相類似，皆以儒家思想爲宗旨，强調忠君愛國的精神、堅貞不渝的節操。但楚辭燈在觀點、内容及方法上却並不全都因襲前人，而是時有創見，最終成爲有清一代頗有影響的楚辭學著作。

自漢代起，對屈原的評價便有分歧，揚雄以爲屈子不遵時命，班固則有「露才揚己」的批評。至南宋，朱熹楚辭集注雖贊頌其忠君愛國，但仍認爲「其志行雖或過於中庸而不可以爲法」。朱熹的觀點在明代影響極大，學者多從之。至明末清初，李陳玉、黄文焕等始以屈子爲千古忠臣，純忠至孝，大加揄揚。林雲銘在楚辭燈中，只收録自己考定的屈子之作，其餘續擬離騷之作，皆芟除不載，並在凡例中指出：「無屈子之志而襲其文，猶不哀而哭，不病而吟，詞雖工，非其質矣。」林氏以作品内容與人格精神的統一爲標準，高度肯定了屈原作品的思想與藝術價值。林氏標舉屈子爲「千古奇忠」，並反駁朱熹：「晦翁謂原『忠而過』，嗚呼！忠豈有慮其過之理乎？」楚辭燈公開批駁朱熹之説，對扭轉漢代以來屈子評價中的負面歧説，確立屈子忠貞不渝、憂國憂民的人格形象，有积極的影響。

林雲銘對屈子人格精神的頌贊出自於對作品的深入理解和因時代背景、個人際遇而産生的情感共鳴，故其評注中有較多個人的時世之歎與主觀感受，如離騷：「長太息以掩涕兮，終不察夫民心。」林氏注：「可憐這些百姓，征戰則危其身，賦歛則奪其財，謀生多少艱難，如何再當得滿朝求索！」雖未必貼近屈子原意，但卻是林雲銘飽經戰亂後内心悲慨的真實表達。再如湘夫人「嫋嫋兮秋風」，林氏注：「波因風生，木因風落，又值難堪之時景，亦知余之必愁而代爲愁。」與王逸注、五臣注、朱子注側重引申義理或交待時節不同，林雲銘注重由景入情，曲盡其心，在當時的楚辭學論著中確乎别具一格。再如離騷中的「求女」情節，舊説多解爲「求賢主」或「求賢臣」，而林雲銘卻以爲屈子「因求見帝而不得，意謂知我之人竟無可求索矣，然豈無類我之人可取以相配，以免我爲煢獨乎」，側重屈子孤獨無依、索求知己之義，完全脱去舊注的政教意味，以情感爲主，可備爲一説。楚辭燈重視情感闡釋，與當時通行的章句訓詁、義理疏證相比，確不易爲時人接受，學者對此頗多詬病，如王邦采、朱冀攻其悖謬，四庫館臣更譏刺其「詞旨淺近，蓋鄉塾課蒙之本」。但今天看來，楚辭燈是清代楚辭文學化個性解讀的先行之作，對改變宋學一統的研究局面，推進楚辭學研究的多樣性，有一定的作用。

楚辭燈重情感體悟的注疏特點，與林雲銘倡導的「知人論世」的注騷方法密切相關。林氏對屈作的情感闡釋及著作次序的考證，皆繫於屈原生平事迹，故楚辭燈卷首附楚懷襄二王在位事蹟考，意在理清屈原年譜行迹，考訂作品創作時間，重新編次，把握作品的情感脈絡，以期「還他一部有首有尾、有端有緒的屈子之文」。方法如其自述：「屈子所著之文，無先後次序攷據。茲將二君在位事蹟，按年編輯，參之史記本傳，凡有明文者，即繫各年之下，如無明文，亦可以各篇語意推之，以備讀者之參考。……即以爲屈子之年譜可也。」楚辭燈在考辨屈原生平及作品編次上的成就，對清代楚辭學有較大貢獻。林雲銘所提出的屈原兩次放逐的觀點，現已爲學界廣泛認同。黄文焕楚辭聽直中考訂九章次序，林雲銘明言「依同里黄維章先生所訂正」，並在黄文基礎上推進了這一研究。林氏結合屈原列傳及自作年譜，深究九章各篇文意，以惜誦爲未放時作，抽思、思美人爲在漢北時所作，其餘六篇爲流放江南時所作。四庫館臣以爲「此説本明黄文焕楚辭聽直，亦非其創解」的評斷，顯然有失公允。蔣驥山帶閣注楚辭受楚辭燈影響，作楚世家節略，並在序中明言「余仿林西仲本，復輯楚世家懷襄二王事迹著於篇，因兼採諸書，附以所見，將使讀屈子之文者，有所參考」。陳子展也指出：「這一説不但影響屈復和夏大霖諸家，連戴震也像是暗受了他的影響。」[二]由清代直至當代，林雲銘的楚辭研究方法及思路影響深遠，功不可没。

楚辭燈注重梳理文脈、解説行文篇法，顯然借鑒了時文評點的方法。這在清代首開以時文評點法注疏楚辭的先河，繼有朱冀離騷辯步其後塵。四庫館臣以爲「二人均以時文之法解古文書，亦同浴而譏裸裎也」，對此極盡譏刺。與清人既諳習八股制藝，又多加鄙薄的矛盾態度不同，林雲銘對時文極爲看重，其韓文起即是以時文解古文之作，其序中更以爲「制藝即古文變體」。故林氏以時文之法解楚辭，梳理其結構文脈，以期明晰「本題之層折，行文之步驟」。林氏於批注中也大量運用了時文常用的符號，如「文中眼目，用重圈」，「上下呼應處，用黑圈」，「精妙處，用密圈」。批注中以數句爲單位，總結文意，如國殤「嚴殺盡兮棄原埜」句下，注：「已上寫國殤戰死之勇。」「首雖離兮心不懲」句下，注：「憶上寫國殤戰死之武。」「誠既勇兮又以武」句下，注：「總收上文。」全篇末尾注：「已上寫國殤死後之靈。」總體看來，評點準確，淺易清晰，確有提綱挈領之效，便於初讀楚辭者領會文意。

楚辭燈在字詞訓詁上淺略通俗，易於閱讀，部分字詞的訓釋獨具特點。如「班陸離其上下」，林注：「班，亂雜貌，風雲飛動之像。」注解連接上文情境，貼切句意，易使人明瞭。又，「表獨立兮山之上」，林注：「表，昂如插標貌。」比之舊注，更爲形象生動。但林注並非憑空結撰，而是多有所本並參以己意，以淺易語闡説，助學騷者理解。如，離騷「憑不厭乎求索」，王逸注：「楚人謂滿曰憑」，林氏注：「楚人謂滿曰憑。財既滿，猶取之不已也。」林注顯然取自舊注，而爲之進一步闡釋疏解。訓詁雖淺易簡省，仍有可觀之處。但其與舊注相異處，亦有舛誤，如，湘君「蹇誰留兮中洲」，王逸注：「蹇，詞也。」林氏注：「蹇，難行貌。」此處「蹇」類似於楚辭「羌」字之義，置於叙述句中，爲乃、則之義；置於問句句首，則有「何爲」、「豈」之義。此處林注顯然有誤。讀者閱讀林氏訓詁，仍需加以區別，審慎對待。

楚辭燈於正文中有小字批注，既有句末協韻，亦有校字、注音。如，離騷「惟庚寅吾以降」，「降」字旁批注：「叶洪。」意指「降」字與「洪」協韻。「又重之以脩能」，「能」字旁批注：「叶泰。」意謂「能」字與「泰」協韻。校字如「扈江離與辟芷兮」，「辟」字旁批注：「僻同。」意謂辟同僻。又，「乘騏驥以馳騁兮」，「馳」字旁批注：「馳同。」意謂馳同馳。注字音時雜用直音法和反切注音法。直音法如：「朝搴阰之木蘭兮」，「阰」字批注：「音皮。」又，「傷靈脩之數化」，「數化」字旁批注：「音朔花。」反切注音法如：「雖萎絶其亦何傷兮」，「萎」字旁批注：「於危反。」又，「芳與澤其雜糅兮」，「糅」字旁批注：「女救反。」這些批注固然對讀者有一定幫助，但並非新見，且時有謬誤。如：「孰非善之可服」，「服」字旁注：「叶弼。」服與極協韻，古同屬職部；弼，古屬質部。服，古不讀弼音。又，「吾將上下而求索」，「索」字旁批注：「叶色。」索與暮、迫同協鐸韻；色，古屬職部。索，古不讀色音也。另如注音，「捐余玦兮江中」，「玦」字旁批注：「音揭。」玦字古音聲母爲見部，韻母爲屑部；揭字古音聲母爲溪部，韻母爲祭部。玦與揭不同音，林注有誤。另，林氏注音不避重複，同一字的相同注音前後屢見，甚至一頁之中兩見同字同注。總體看來，楚辭燈於音韻有欠精審，學術價值不大。

楚辭燈對舊注頗多微辭：「二千年中讀騷者，悉困於舊詁迷陣，如長夜坐暗室，茫無所覩。」但綜觀其書，亦有不少迷誤缺憾。如林氏認爲離騷中的「求女」情節，宓妃「驕傲無禮」，乃屈子明刺鄭袖；甚至將「求女」一節與張儀買通靳尚，設詭辯於鄭袖之事聯繫起來，將子蘭勸懷王入武關事亦歸罪於鄭袖，其説牽强荒謬。又如將湘君、湘夫人視爲離騷「求女」之意，亦爲無稽之談。另如上文所述，於訓詁、音韻上皆有淺略訛誤之弊。但從總體上來看，瑕不掩瑜，楚辭燈仍不失爲清代楚辭學的一部重要論著。

楚辭燈初刻本爲清康熙丁丑（康熙三十六年）挹奎樓自刊本，浙江圖書館有藏。嗣後有清同治癸酉（同治十二年）孔氏嶽雪樓鈔本；民國六年北京石印本，改題爲楚辭易讀；臺灣廣文書局影印挹奎樓自刊本（二〇〇七年十月三版）。楚辭燈東傳日本，屢次刊刻，流播極廣，計有十餘種之夥：日本寬政十年大阪青木嵩山堂刊本、池内八兵衛刊本、寬政十年浪華川端德兵衛刊本、京都書肆中川藤四郎刊本、寬政十年天一閣藏本、文政四年江户鶴屋金輔重刊本、天保十三年嘉業堂舊藏刊本、京都書林山田茂助藏刊本、文政七年甲申二月補刻本、大正三年内閣目本，等等。日刊本雖版本衆多，但只有兩個系統，「一種是由尾張的儒官秦鼎校讀，由京都書肆中川藤四郎以及其他五人署名刊行的康熙丁丑挹奎樓刊本的翻刻本。一本是由無名氏訓點，由大阪池内八兵衛刊行的楊羹汝重訂本的覆刻本（東洋文庫藏）」[三]。這些刻本「絶大部分與挹奎樓原本款式一致，對少量字形、字音進行校勘。日刻本上的手批多是比較客觀的知識性闡釋，甚少情感體悟的表達。」[四]嶽雪樓鈔本及日本衆多刊本以初刻本爲據，增改的文字校勘不但數量少，而且夾雜舛誤，參校價值較小，故點校整理中較少採用。

楚辭文本主要有兩個系統，即洪本與朱子本。楚辭燈以朱子本爲依據而不盡相同。楚辭集注古逸叢書景元本與楚辭燈最爲相近，但仍有諸多不同，如：「樧又欲充夫佩幃」，楚辭燈爲「樧又充乎佩幃」；「逢殃」，楚辭燈爲「逢殃」；「博」，楚辭燈原寫作「博」；「靈脩」，楚辭燈寫作「靈修」；「總」寫作「總」，等等。這當中既有作者與刻工的誤漏闕訛，也有因異體字、俗體字導致的差異。本書以康熙丁丑初刻本爲底本，楚辭原文脱訛處以楚辭集注古逸叢書景元本校勘補正，林注闕脱處以河内堂本校補，漫漶處據臺灣廣文書局影印本修補，亦間有參校洪興祖楚辭補注等書者。

本書整理基本上保持初刻本原貌，書名頁下原有挹奎樓主人識語，附於扉頁後。卷首屈原列傳等、正文的段落劃分、篇目次序，皆仍原書。全書繁體豎排，除目録及標題外，皆加標點及專名綫。原書各類圈點符號，價值不大，今除段落標注改爲行文另起外，其餘遵從叢刊體例，不再保留。原書除句後雙行注外，正文右側有隨文小字批注，現改爲隨文小字夾注；闕脱錯訛處出校記，爲便於讀者閱讀，列於每段段末。爲反映底本原貌，異體字、俗體字、古字等，酌情留用。

限於學力，或有舛錯，望博雅君子不吝賜教。

于淑娟乙未年夏書於浙江師範大學江南文化中心

【注】

〔一〕閩侯縣志民國二十二年刊本。

〔二〕陳子展：楚辭九章之全面觀察及篇義分析，中國古典文學論叢，復旦學報社會科學版增刊，一九八〇年第八期。

〔三〕竹治貞夫：楚辭的日本刻本及日本學者的楚辭研究，楚辭資料海外編，徐公持譯，湖北人民出版社，一九八六年第一期，第三九六頁。

〔四〕孫金鳳：日本所藏楚辭燈文獻考論，内蒙古職大學報二〇一五年第一期，第二二頁。

總目

三閭楚辭爲千古詞賦之祖，每篇中各有意義，各有脉絡。向被諸家評注穿鑿附會，塵上加灰，以致紛如亂絲，汩没殆盡。兹先生研精四十年，痛掃從前謬誤，逐字分析，逐句融會，使每篇中意義脉絡無不躍躍眼前，誠二千餘年以來暗室孤燈，而作者之真面目可以一照畢現，不勞探索矣。識者珍之。挹奎樓主人識。

序

治騷者向稱七十二家評本，大約惑於舊詁之傳訛，隨聲附和；而好奇之士又往往憑臆穿鑿，削趾適屨，甚至有胸中感憤，借題抒洩，造出棘句鉤章，武斷賣弄，懵然不知本題之層折，行文之步驟，反謂莊、騷兩家無首無尾，無端無緒，將千古奇忠所爲日月争光奇文，謬加千層霧障，幻成迷陣，其所由來久矣。余謂屈子之文，嘗自言「世莫知」，及賦懷沙則云「願志之有像」，「明告君子，吾將以爲類」，是欲以當身之不見知，庶幾傳之後世，或有同類而共知之也。迄今二千年來，凡知屈子之文者，又不過如此。悠悠終古，汨羅中尚復何望哉？夫屈子之文，屈子之志也。志不以世而奪，如許由，皇之佐也，生於帝之世，則老於水；伯夷，帝之佐也，生於王之世，則餓於山。古之人嘗有言之矣。屈子以王者之佐，生於亂國宗族，志無所伸，義無所逃，不得已以一身肩萬世之綱常，寄之於文以自見。太史公既云「推此志」，又云「悲其志」，可謂善讀屈子之文者。若知世風遞降，而樹立存乎其人，去流俗之見，以意逆志，則各篇中層折、步驟，恍覺有天然位置，不啻爲後人寫意中事。是以尚友古人，貴論其世也。余少癡妄，不達時宜，私謂用世可以得行其志，及筮仕後，所見所聞，皆非素習，以故動罹譴訶。每當讀騷，輒廢書痛哭，失聲仆地。因取蒙莊「齊得喪」、「忘是非」之旨，以抑哀憤。二書各有評釋，而蒙莊以先竣災梨，騷則或作或輟，其稿悉没於閩變烽火中。自徙寓武林以來，凡四方書賈，鮮不以此爲請。再注未就，又燬於回禄。余思注屈之難，尤甚於注莊。二千年中，讀騷者悉困於舊詁迷陣，如長夜坐暗室，茫無所覩。閟極而洩，乃天之道。余雖乏騷才，然老僊異域，貧窶不能自存，且以四海之大，無一人能知余之爲人者，而畢生不踰跬步之志，九死不悔，在屈子未必不引以爲類。前此未就稿本，重罹意外灰劫，安知非陰有督迫，使余爲全騷計耶？因於丙子良月，杜門追記，併補未注諸篇。萬駁千翻，止求其大旨脗合，脉絡分明，使讀者洞如觀火，還他一部有首有尾、有端有緒之文。與注莊同一法，其一切評語，恐致繁蕪，不但不敢存，亦不暇存耳。亟命余子沅録分四卷，顔之曰「燈」，庶屈子之文可以燭照無遺，即其志亦可以昭垂勿替，而萬世之綱常有賴矣。是亦余之所以爲志也夫。

康熙丁丑歲孟春望日，晉安林雲銘西仲氏題於西泠之挹奎樓

凡例

一、屈子本傳，太史公止云作離騷，後人添出「經」字，且將九歌以下諸作皆添一「傳」字，不知何意。蓋傳所以釋經，從無自作自釋之例。而王逸章句以「經」字解作「徑」字之義，又與諸篇加「傳」之意不合矣。徑，小路也。屈子豈由徑之人耶？若以「典常」二字爲訓，在作者本當處變之時，而其所行，乃不可無一、不可有二之事，與「典常」二字無涉。即謂離騷非作於一時，當懷王聽讒以至遠遷，其事無不櫽括於中；諸篇乃其散見錯出者，不無經緯之别，亦屬畫添。總之絶世奇文，添一「經」字未必增光，去一「經」字豈遂減價？余惟以太史公之言爲主，將「經」「傳」二字及晦庵每篇加「離騷」二字，一槩删去，以還其初而已。

一、楚辭次序，朱晦庵以爲定自劉向。若考其所作之先後，離騷一篇之外，惟惜誦、思美人、抽思三篇，詳其文義，係懷王時所作，餘悉作于頃襄時。諸本紛紛聚訟，總無確徵。余於九章，舊本顛倒，不得不分别更定，此外悉依原本。以傳世既久，恐滋葛藤，即仍其舊可也。

一、楚辭原本，各篇題目皆列於本文之後。學者未曾竟讀全文，茫不知是何題目，不得不多一番檢閱。余悉改列在前，使人觸目即見，惟取其便而已，非更張也。

一、楚辭原本，皆有續離騷諸作，綴附末卷。大約無屈子之志而襲其文，猶不哀而哭，不病而吟，詞雖工，非其質矣。甚至以莽大夫之反離騷，侈口狂詆，亦列於内，豈非辱極？余止知注屈，不知屈之外尚有人能續，尚有人敢續者。况變風變雅，實起於創，即有學步邯鄲，斷無後來居上。今一槩從删，即前此注莊，痛斥擬莊諸篇之意也。

一、楚辭自漢迄明，讀者各出意見，或稱揚，或指摘，總未嘗細心體認本文脉絡，止沿習舊注，訛以傳訛。本旨既失，毋論指摘者非其病，即稱揚者非其美，皆屈子所不受也。且添出許多雜論，皆隔靴搔癢之語，自逞機鋒，與作者本旨無涉。即賦比興注脚，人所共知，亦屬繁雜可厭，今一概不載。庶學者之眼目，自此一清乎。

一、讀楚辭要先曉得屈子位置。以宗國而爲世卿，義無可去，緣被放之後，不能行其志，念念都是憂國憂民。故太史公將楚見滅于秦繫在本傳之末，以其身之死生，關係於國之存亡也。後人動解作失位怨懟，去把一部忠君愛國文字，坐其有患得患失肝腸，以致受露才揚己、怨刺其上之譏。千古蒙冤，願與海内巨眼者共洗之。

一、讀楚辭之難，較之他文數倍，以其一篇之中三致意，所謂「長言之不足」而「嗟歎之」。上紹風雅，下開詞賦，其體當如是也。總要理會全局血脉，再尋出眼目來，任他如何摇曳，如何宕軼，出不得這個圈子。不用一毫牽强，自然雜而不亂，複而不厭。今人偶得一二句之佳，便鶻突擊節，不顧上下文理難通，止謂哀慘之極，不覺重沓失次，茫如坐雲霧中，支離湊合。此從來積習，願與海内巨眼者共破之。

一、讀楚辭，止要得其大旨。若所引用典實有涉神怪者，惟以莊子所謂「寓言」視之，省却許多葛籐。且天地之大，古今之遠，何所不有？夫子止是不語，亦未嘗言其必無神、必無怪也。屈子生於秦火之先，安知前此記載非厄於灰燼而不傳乎？見駱駝謂馬腫背，切勿陷入宋人窠臼。

一、是編每篇中，如引用典實，及花木鳥獸、玉石器物等類，舊注有考核無訛者，量採入小注，以便初學。若意義脉絡，則必斷自鄙衷，融會辨析，期於至當，不敢曲徇。每篇逐句詮釋，逐段分疏，末以總論檃括全文。讀者先看字句小注，再閱段落來路去路，然後細味總論之融合貫通，則一篇神理了然於目前，不煩再加探索矣。

一、楚辭各本，字句多有不同，緣其俱出手鈔，所謂「字經三寫，烏焉成馬」，必至之勢也。今悉依晦庵較本。但其所用出處，必博考群書，務求合於本文意義，不敢遷就沿襲，貽誤後人。

一、是編字有音叶者，即注於本字之傍。如反切有定音，亦改用之，總以讀者省力爲主。如下句不便於叶，即叶上句。蓋叶音原出於不得已，非可以正音論也。

一、是編文中眼目，用重圈◎◎。上下呼應處，用黑圈●●。精妙處，用密圈○○○。襯貼處，用密點、、、。其每段小歇處，用橫截一；大歇處，用曲截」。總欲讀者開卷便得。

海内博雅君子，得是編者，不妨先取舊注一閱，方知作者深意。止在目前，人自看不出耳。諺，讀古豈易言哉？

西仲氏再識

附楚懷襄二王在位事蹟考

懷王

威王太子，名熊槐，在位三十年。

癸巳 元年。魏聞楚喪，伐楚，取陘山。張儀初相秦。四年，秦惠王始稱王。

戊戌 六年。楚使昭陽攻魏，破之襄陵，取八邑。所謂「南辱于楚」者，此。

癸卯 十一年。楚爲從約長，與趙魏韓燕伐秦，攻函谷關。秦出兵逆之，五國皆引兵歸。時屈子爲左徒，王甚任之，國内無事。惜往日篇所謂「奉先功以照下，别法度之嫌疑。國富强而法立」是也。屈子有功在此，其招讒妬亦在此。

戊申 十六年。齊湣王元年。秦使張儀約楚絶齊，許以商於之地六百里。楚絶齊，秦不予地，遂攻秦。見本傳。○洪興祖謂屈子被疏在此年。愚按：史記被疏尚在前。疏者，止是不與議國事耳，未嘗奪其左徒之位也。絶齊時疑必諫，離騷云「反信讒而齌怒」，惜誦篇云「反離群而贅肬」，當俱指此。則奪其位者，在此年耳。

己酉 十七年。春，秦敗楚於丹陽，斬首八萬，虜大將屈匄、裨將逢侯丑等七十餘人，取漢中郡。楚悉起國中兵，襲秦，大敗於藍田，割兩城以和。韓魏聞楚困，襲楚至鄧，楚引兵歸。見本傳。○屈子雖廢，猶在朝，忿兵必敗，當無不諫。離騷云「既替余以蕙纕」，「又申之以攬茝」。申者，言既廢又切責之也，則合前兩次見拒可知。惜誦當作於此年。

庚戌　十八年。秦約分漢中之半，與楚和親。懷王願得張儀，不願得地。儀至，厚幣靳尚，説鄭袖使言之王，釋之。見本傳。○屈子使齊而反，諫已不及。愚按：使齊必以見欺於秦爲謝，再脩前好。獨使屈子者，以絶齊時，群臣皆賀得地，陳軫獨弔；而軫又往仕秦，別無可使，故不以既絀而不用，則前此之諫絶齊，益可知矣。屈子未反，舉朝又無一人諫王釋張儀之非，則其黨于靳尚亦可知，所以謂之「黨人」。

壬子　二十年。齊湣王欲爲從約長，遺書與楚。楚以昭睢議，欲雪藍田之耻，遂合齊以善韓。前使屈子之齊，必爲定從雪耻計。茲湣王書至，而又未決者，以曾爲從約長，耻見奪耳。昭睢之議甚確，豈離騷所謂「蘭」「椒」其人乎？

丙辰　二十四年。秦昭王初立，厚賂楚。楚往迎婦，遂背齊而合秦。徇利棄信，所以速禍，况秦爲虎狼之國，非可以婚姻結乎！屈子以彭咸死諫爲法，必越諫而被遠遷，絶其言路，惜往日篇所謂「讒人」「蔽晦」，「虛惑誤又以欺」，「遠遷臣而弗思」是也。虛惑，當指絶齊言。誤，當指攻秦言。又以欺，當指背齊合秦言。

丁巳　二十五年。懷王與昭王盟約於黄棘，在房、襄二境上。秦復與楚上庸。楚恃婚姻而往，然武關之辱，實此盟誤之。悲回風篇刺頃襄迎婦於秦，所謂「施黄棘之枉策」是也。屈子雖遠遷，尚欲南行而死諫，終不得諫。思美人篇當作於此時。

戊午　二十六年。齊韓魏責楚負其從親，同伐楚。楚使太子横入質於秦而請救。秦兵至，三國引去。諸侯連兵伐楚，本是意中之事，但請救于秦而又質子，則前此之迎婦結盟何爲乎？屈子必思一善後之策而陳詞，懷王惟以秦救爲美好而憍之，朝臣又以王之造怒，不敢正其是非，所以不聽。抽思篇當作于此年。

己未　二十七年。秦大夫有與楚太子鬬，太子殺之亡歸。愚按：敵國質子，大夫豈敢與私鬬？當是秦昭王知懷王之愚，實陰遣之，使釀成兵端耳。

庚申　二十八年。秦與齊韓魏共攻楚，殺楚將唐眛，取重丘而去。見本傳。○愚按：懷王此時，當思屈子之言而召回，但未復其值。此事本與屈子無涉，太史公特叙入傳者，作後來諫會武關來歷耳。洪興祖以爲十八年召用，疑字之誤。

辛酉　二十九年。秦復攻楚，大破楚軍，死者二萬人，殺將軍景缺，乃使太子爲質於齊以求平。僅求齊不見伐以支秦。

壬戌　三十年。秦復伐楚，取八城，遺書與楚，會武關結盟。昭睢諫無往，王稚子子蘭勸王行。秦詐令一將軍號爲秦王，伏兵武關，俟懷王至，閉之。遂與西至咸陽，朝章臺如藩臣，不與亢禮。要其割巫黔中郡，懷王怒，不許，因留秦。昭睢謀詐計於齊，齊歸太子，遂立爲王。秦不得所割，怒攻楚，大敗楚軍，斬首五萬，取析十五城而去。見本傳。○屈子先諫勿入武關，與昭睢所見相同，無奈不聽。按：懷王爲人，貪而且愚，又好矜蓋。貪則可以利誘，愚則可以計取，好矜蓋則喜諛而惡直。齊秦兵好反覆，屈子疏放，皆坐此三病。武關受欺，只悔不用昭睢之言，而不及屈子，則好矜蓋，積怒猶未平可知。

頃襄王

懷王太子，名横，在位三十六年。

癸亥　二年。懷王亡逃歸，被秦遮楚道。從間道走趙，不納。又欲走魏，而秦兵追至，遂同使者入秦，發病。見本傳。○屈子又被讒，放於江南之埜，以取怒於令尹子蘭故也。涉江篇當作於此年，招魂亦當作於此年。

甲子　三年。懷王卒于秦，秦歸其喪。諸侯自是不直秦，秦楚絶。大招當作於此時，卜居當作於四年。

丁卯　六年。秦遺書約決戰，楚患之，謀復與秦平。以無可敵秦故。

戊辰　七年。楚迎婦於秦。忘不共之讎而結好，總因國中無人，不能爲美政，故爲威勢所劫。悲回風當作於此時，哀郢當作於十年，漁父、懷沙當作於十一年。以汨羅自沉，當在此年也。

乙亥　十四年。與秦昭王會於宛，結和親。自此至末，皆屈子身後事。

丁丑　十六年。與秦昭王好會于鄢，秋復與秦會穰。

己卯　十八年。用楚人匹夫報讎之説，遣使於諸侯，復爲從。秦伐楚，楚欲與齊韓連和伐秦。因欲圖周，周使説楚相昭子而止。不能自强，已失報讎之具，况又圖共主乎！誠讒諛虚惑之見也。

庚辰　十九年。秦伐楚，楚軍敗，割上庸、漢北地予秦。

辛巳　二十年。秦將白起拔楚西陵。

壬午二十一年。秦將白起拔郢，燒先王墓夷陵。楚兵散不復戰，東北保於陳城。屈子哀郢篇云「夏之爲丘」，「兩東門之蕪」，不過十年而即驗。天問篇云「吴光争國，久余是勝」，以吴光入郢，掘平王墓而鞭屍也。夷陵之燒，何先見之明乃爾！

癸未二十二年。秦復拔巫黔中郡。前武關所要割不予者，又拔去矣。

甲申二十三年。襄王收東地兵，得十餘萬，復取秦所拔江旁十五邑以爲郡，距秦。已不成其爲國。天問篇「告堵敖不長」之説驗矣。

戊子二十七年。復與秦平，入太子爲質於秦。按：懷襄兩世，屢結秦好，皆卒困於秦。總以讒諛用事，除迎婦、質子之外，别無伎倆。天問所謂「荆勳作師夫何長」，早已道破。

丁酉三十六年。襄王病，太子亡歸。秋，襄王卒。太子熊元立。

屈子所著之文，無先後次序考據。兹將二君在位事蹟，按年編輯，參之史記本傳，凡有明文者，即繫于各年之下，如無明文，亦可以各篇語意推之，以備讀者之參考。庶不至如舊注一味强解，即以爲屈子之年譜可也。

林雲銘纂編

屈原列傳

史記

屈原者，名平，楚之同姓也。爲楚懷王左徒。博聞彊志，明于治亂，嫻于辭令。入則與王圖議國事，以出號令；出則接遇賓客，應對諸侯。王甚任之。

上官大夫與之同列，爭寵而心害其能。懷王使屈原造爲憲令，屈平屬草藁未定。上官大夫見而欲奪之，屈平不與，因讒之曰：「王使屈平爲令，衆莫不知，每一令出，平伐其功，曰以爲『非我莫能爲』也。」王怒而疏屈平。

屈平疾王聽之不聰也，讒諂之蔽明也，邪曲之害公也，方正之不容也，故憂愁幽思而作離騷。

離騷者，猶離罹同憂也。夫天者，人之始也；父母者，人之本也。人窮則反本，故勞苦倦極，未嘗不呼天也；疾痛慘怛，未嘗不呼父母也。屈平正道直行，竭智盡忠以事其君，讒人間之，可謂窮矣。信而見疑，忠而被謗，能無怨乎？屈平之作離騷，蓋自怨生也。

國風好色而不淫，小雅怨誹而不亂，若離騷者，可謂兼之矣。上稱帝嚳，下道齊桓，中述湯武，以刺世事。明道德之廣崇，治亂之條貫，靡不畢見。其文約，其辭微，其志潔，其行廉，其稱文小而其指極大，舉類邇而見義遠。其志潔，故其稱物芳；其行廉，故死而不容。自疏濯淖污泥之中，蟬蜕于濁穢，以浮游塵埃之外，不獲世之滋垢，皭然泥而不滓者也。推此志也，雖與日月争光可也。

屈原既絀，其後秦欲伐齊，齊與楚從親。惠王患之，乃令張儀詳佯同去秦，厚幣委質事楚，曰：「秦甚憎齊，齊與楚從親，楚誠能絶齊，秦願獻商於之地六百里。」楚懷王貪而信張儀，遂絶齊，使使如秦受地。張儀詐之曰：「儀與王約六里，不聞六百里。」楚使怒去，歸告懷王。懷王怒，大興師伐秦。秦發兵擊之，大破楚師于丹淅，斬首八萬，虜楚將屈匄，遂取楚之漢中地。懷王乃悉發國中兵，以深入擊秦，戰于藍田。魏聞之，襲楚至鄧。楚兵懼，自秦歸，而齊竟怒不救楚，楚大困。

明年，秦割漢中地與楚以和。楚王曰：「不願得地，願得張儀而甘心焉。」張儀聞，乃曰：「以一儀而當漢中地，臣請往如楚。」如楚，又因厚幣用事者臣靳尚，而設詭辯于懷王之寵姬鄭袖。懷王竟聽鄭袖，復釋去張儀。是時屈平既疏，不復在位，使於齊，顧反，諫懷王曰：「何不殺張儀？」懷王悔，追張儀不及。其後諸侯共擊楚，大破之，殺其將唐眛。

時秦昭王與楚婚，欲與懷王會。懷王欲行，屈平曰：「秦虎狼之國，不可信。不如無行。」懷王稚子子蘭勸王行：「奈何絶秦歡？」懷王卒行。入武關，秦伏兵絶其後，因留懷王，以求割地。懷王怒，不聽。亡走趙，趙不内。復之秦，竟死於秦而歸葬。

長子頃襄王立，以其弟子蘭爲令尹。楚人既咎子蘭以勸懷王入秦而不反也。屈平既嫉之，雖放流，睠顧楚國，繫心懷王，不忘欲反，冀幸君之一悟，俗之一改也。其存君興國而欲反覆之，一篇之中三致意焉。然終無可奈何，故不可以反，卒以此見懷王之終不悟也。人君無智愚賢不肖，莫不欲求忠以自爲，舉賢以自佐。然亡國破家相隨屬，而聖君治國累世而不見者，其所謂忠者不忠，而所謂賢者不賢也。懷王以不知忠臣之分，故內惑於鄭袖，外欺于張儀，疏屈平而信上官大夫、令尹子蘭。兵挫地削，亡其六郡，身客死于秦，爲天下笑。此不知人之禍也。易曰：「井渫不食，爲我心惻，可以汲。王明，並受其福。」王之不明，豈足福哉！

令尹子蘭聞之大怒，卒使上官大夫短屈原于頃襄王，頃襄王怒而遷之〔一〕。乃作懷沙之賦，其辭云云。於是懷石，遂自投汨羅以死。

屈原既死之後，楚有宋玉、唐勒、景差之徒者，皆好辭而以賦見稱，然皆祖屈原之從容辭令，終莫敢直諫。其後楚日以削，數十年竟爲秦所滅。

自屈原沉汨羅後百有餘年，漢有賈生，爲長沙王太傅，過湘水，投書以弔屈原。

太史公曰：余讀離騷、天問、招魂、哀郢，悲其志。適長沙，觀屈原所自沉淵，未嘗不垂涕，想見其爲人。及見賈生弔之，又怪屈原以彼其材，游諸侯，何國不容，而自令若是。讀服鳥賦，同死生，輕去就，又爽然自失矣。

【注】

〔一〕此句下省略史記屈原列傳「屈原至於江濱」至「又安能以皓皓之白而蒙世俗之温蠖乎」一段原文。下「其辭云云」，亦省略懷沙賦文。

楚辭燈目次

卷之三……六二

卷之四

楚辭燈卷之一

晉安林雲銘西仲論述　男　沅芷之較

離騷

帝高陽之苗裔兮，顓頊後，與楚同姓，爲世官。○便有宗國不可去之義。朕皇考曰伯庸。原父字。攝提貞于孟陬兮，攝提，星名。隨斗柄正指于寅方，是爲正月。陬，隅也。孟春昏時見，故曰孟陬。惟庚寅吾以降叶洪。又值寅日。人生于寅，得人道之正。皇覽揆余于初度兮，肇錫余以嘉名。初生時氣象便與凡人不同，父視而揣之，知余長成時必無邪行，始擇其名之美者而命之。下文許多「度」字，俱本於此。舊注作「時節」，欠妥。名余曰正則兮，法之正者爲平。字余曰靈均。靈，善。均，平也。高平曰原。是皆所錫之嘉者，便有顧名思義，不當從俗之意。○已上叙祖、父及初生來歷。

紛吾既有此內美兮，紛，衆盛貌。言既禀有許多美質。又重平聲之以脩能叶奈。又加以脩治之力。下文許多「脩」字，俱本於此。舊注作「長才」，大謬。扈江離與辟僻同芷兮，紉秋蘭以爲佩。扈，被。紉，結也。離、芷、蘭，皆香草，以喻善行，所謂「重之以脩能」者也。汩余若將不及兮，汩，水流去疾貌。恐年歲之不吾與。朝搴阰音皮之木蘭兮，夕攬洲之宿莽叶母。阰，山名。木蘭其高數仞，宿莽冬生不死，所以礪節。日月忽其不淹兮，春與秋其代序。年歲果不吾與，遂既壯而仕矣。惟草木之零落兮，恐美人之遲暮。惟，思也。美人，稱君之詞。言流光易逝，不但己之脩若將不及，亦恐君不能及時而脩。不撫壯而棄穢兮，何不改乎此度？君不肯乘壯歲而除去惡行，後將無及。此等規模，有敗君德，何故不改？乘騏驥以馳騁兮，來吾道夫先路。騁，馳同騁兮，來吾道導同乎先路。若改度後，用賢人擇路而行，則吾當先爲引導，使賢人從我而來耳。○已上叙己之脩治有年，可佐君爲美政，故爲左徒時，以匡君濟國自任。

昔三后之純粹兮，禹湯文武能棄穢矣。固衆芳之所在。群賢交集。雜申椒與菌音窘桂兮，豈惟紉夫蕙茝叶宰。椒桂帶辣氣，以其香猶用之，不但用純香之蕙茝而已。喻逆耳之言，亦能受也。此既有君德而能用賢者。彼堯舜之耿介兮，其德光而且大。既遵道而得路。所行者亦光大。何桀紂之昌被兮，衣不帶之貌。言放縱而無檢束，不成其爲德也。夫唯捷徑以窘步。所行惟取速小，以圖便安，究竟一步亦行不去。此有德無德所行不同，而利害亦别，擇路者不可不審。○已上歷叙前代君德治道之得失，以起下文。

惟黨人之偷樂兮，爭寵行讒如上官、靳尚輩，把舉朝聯成一氣，謂之黨人。此輩只圖苟且便安，不計及國家利害。路幽昧以險隘叶益。所行者，不光不大，所謂捷徑也。豈余身之憚殃兮，非我自身，畏有禍害相及。恐皇輿之敗績。實慮君爲窘步之續。忽奔走以先後兮，進諫以防皇輿之敗。及前王之踵武。欲挽回使追楚先世之所行，繼其迹以保其基。荃蓀同不揆余之中情兮，荃，香草。稱君之詞。反信讒而齌音濟怒。齌，炊〔一〕餔疾也。既疏猶諫，所以怒氣從中鬱蒸。因信讒在先，又疑原欲以所諫之事自伐耳。惜往日篇所謂「君含怒以待臣」，蓋指此也。余固知謇謇之爲患兮，言人之所難言若口吃者，謂之「謇謇」。明知君先受讒，諫必取怒。忍而不能舍叶所也。無奈事關國家安危，又耐不過。指九天以爲正兮，中情惟有天知，求爲持平。夫唯靈修之故也。靈修，謂以善行而修治者。稱君之詞。○已上叙取怒於君之故，實由於愛君欲導乎先路，而心迹無以自明所致。

曰黄昏以爲期兮，許以行正路之候，若定婚期之約。此暫屈於理之當然也。羌中道而改路。羌，楚人發語詞。言既行正路而中變，又忽奪於怒之未解耳。初既與余有成言兮，後悔遁而有他。申前二句。余既不難夫離别兮，傷靈脩之數化音朔花。離别，謂不再見君而言事，若遠去者也。數化，屢變也。○已上叙己之見疏不足恨，但君德無常操，不足與有爲，是可悲耳。反應上文「堯舜耿介」、「遵道得路」二句。

余既滋蘭之九畹兮，三十畝爲畹。又樹蕙之百畮叶米。畝同。畦留夷與揭車兮，十畝爲畦。留夷、揭車皆香草。雜杜衡與芳芷。杜衡，俗名馬蹄香。冀枝葉之峻茂兮，願竢時乎吾將刈音藝。刈，割也。喻平日所培植之士最多，望其成德，以時進之於朝。雖萎於危反絶其亦何傷兮，今身既疏，雖不能進用，何傷於彼。哀衆芳之蕪穢。但「人之云亡，邦國殄瘁」，豈不可哀！○已上叙己之見疏不足惜，但正士皆喪氣，無有與君爲美政者，所關非小耳。反應上文「三后純粹」、「衆芳所在」四句。

衆皆競進以貪婪音闌兮，得君者，無不以賄進身。憑不厭乎求索叶素。楚人謂滿曰憑。財既滿，猶取之不已。羌内恕己以量平聲人兮，不以己之貪婪爲非，而以人之得君皆然。各興心而嫉妬。彼此相忌，謂吾得遂其求索，故心害其能。忽馳騖以追逐兮，非余心之所急。方妄思競進，而轉念且緩之。老冉冉其將至兮，恐脩名之不立。冉冉，猶漸漸也。人壽幾何，萬年遺臭，安得不懼？朝飲木蘭之墜露兮，夕餐秋菊之落英叶央。曰「墜」曰「落」，皆已棄之餘芳。苟余情其信姱以練要兮，長顑頷音咸含亦何傷。姱，美也。練要，精所脩而約所守也。顑頷，食不飽而而黄之貌。言脩名得立，即取人所棄以爲飲食何害，不須競進也。擥攬同木根以結茝兮，貫薜荔之落蘂。矯菌桂以紉蘭兮，索胡繩之纚音徙纚。胡繩，亦香草，可作繩。纚纚，索好貌。亦皆取已棄之餘芳以爲服，伏下「清白」二字。

謇蹇同吾法乎前脩兮，前代脩身之士。非世俗之所服。服，用也。雖不周於今之人兮，周，合也。願依彭咸之遺則。彭咸，殷大夫，諫紂不用，投水而死。言既見疏於君，不能求容，願以死諫，顧不得有謇謇之患。此前脩中尤所當法者，伏下「直」字。長太息以掩涕兮，哀民生之多艱 叶基。可憐這些百姓，征戰則危其身，賦斂則奪其財，謀生多少艱難，如何再當得滿朝求索！余雖好脩姱以鞿 音幾羈兮，以清白自閑。謇朝誶 音粹而夕替 叶梯。誶，諫。替，廢也。既替余以蕙纕兮，纕，佩帶也。又申之以攬茝。重疊以脩姱得罪，不止一次。舊注君以蕙茝爲賜而遣之，大謬。亦余心之所善兮，雖九死其猶未悔。君之所甚怒者，皆余心之所甚愜，惟求自盡，無復追悔。○已上叙黨人行讒，始由於錯認原之得君，亦如彼之貪婪求索。究竟君之見疏，皆以清白受過。脩名既立，餘無足介意。

怨靈脩之浩蕩兮，放縱於規矩繩墨之外，如水之横溢，即上文「昌被」之義，本不成其爲君德。終不察夫民心。既放縱，必不能細心體察。謂之「終」者，以其到底不明也。民以惡貪婪、好脩姱爲心，根上「民生多艱」句。衆女嫉余之蛾眉兮，喻黨人忌原以清白形其短。謡諑 音卓謂余以善淫。徒歌曰謡。楚南謂愬爲諑。女有淫行，雖美不足貴，喻黨人知原清白，無可行讒，而以造令自伐誣之。固時俗之工巧兮，偭 音面規矩而改錯。偭，背。錯，置也。背繩墨以追曲兮，競周容以爲度。時俗不循法度，争苟合求容，逢迎浩蕩之意以爲式，使君不復顧念民心，所以謂之「工巧」。忳鬱邑 悒同余侘傺兮，忳，憂貌。侘傺，失志貌。吾獨窮困乎此時也。

獨吾一人，既疏又加以怒。寧溘死以流亡兮，溘，奄也。或受誅立死，或放斥喪身。余不忍爲此態叶提也。此態俱是欺君殃民者所爲，此心如何忍得過？鷙鳥之不羣兮，自前世而固然。特立者不容於衆，不但此時爲然。何方圜圓同之能周兮，夫孰異道而相安叶奄？方枘不能入鑿，以非其類也。既不爲時俗之所爲，安有同立於朝之理乎？屈心而抑志兮，忍尤而攘詢詬同，攘，取。詢，恥也。讒人誣以惡行，無處辯白，必至伏罪而死。伏清白以死直兮，固前聖之所厚。伏，伏罪也。清白與貪婪相反，直與周容相反。伏清白，即上文「替蕙纕」、「申攬茝」二句；死直緊接「忍尤攘詢」句。惟清白方能直，是一條事，故總言之。前聖伏下「依前聖節中」句。○已上敘君之聽讒，實由於黨人忌原清直以形其短，誣以惡行，而君不察國人之公心，只信黨人之迎合。究竟不得於今，必得於古，在原亦無損。

悔相去聲道之不察兮，延佇乎吾將反。延，引頸。佇，跂立也。上文既云九死未悔矣，忽從千思萬想中，悔前此視路不審，冀反前所行，少貶和光，再圖進用。亦猶上文馳騖追逐之意，乃窮困之極，一時妄念也。回朕車以復路兮，及行迷之未遠。又思此是迷途，一失足便入黨穢，猶幸離故路無幾，可以速回。步余馬於蘭皐兮，馳椒丘且焉止息。仍在衆芳之地。進不入以離罹同。尤兮，退將復脩吾初服叶弼。上朝進退間，縱有不能遂其直，然清白則不敢不勉。製芰荷以爲衣兮，雧集同芙蓉以爲裳。不吾知其亦已兮，苟余情其信芳。脩初服，止要自己信得過，不顧人知。高余冠之岌岌兮，長余佩之陸離。芳與澤其雜糅 女救反 兮，唯昭質其猶未虧。芳指衣裳，澤指冠佩。糅，亦雜也。迷路既復，光明之體未受虧損，何往不可。忽反顧以游目兮，將往觀乎四荒。四海之外，豈無知我與類我者乎？因上文「不吾知」，故自考而欲往觀之，以自廣其意，非思去國求君也。伏下「周流上下」數段。佩繽紛其繁飾兮，芳菲 音霏 菲其彌章。再加脩服之美，以待往觀。民生各有所樂 五教反 兮，余獨好脩以爲常。出於天性，欲以此好終其身。雖體解吾猶未變兮，豈余心之可懲 叶張。即支解不能改吾好，豈以見疏爲戒，遽行迷途，致虧昭質乎？言已有常操，不但不肯變，實不能變，與上文「靈脩數化」，下文「芳草爲蕭艾」相反。○已上自叙被讒之後，不能變好修之性以從俗，妄思進用。前以駝鶩非急，欲立脩名，猶在時俗之中；此以行迷當復，欲觀四荒，竟在時俗之外矣。總以時俗中無一人知原，亦無一人類原，而原又無去國他適之義，除是四荒或有相遇，乃極言楚國必無一遇也。自此至篇末，皆是此意。

女嬃 音徐 之嬋媛 音蟬爰 兮，嬃，原之姊。嬋媛，柔態牽戀之貌。申申其詈予 叶與。申，重也。詈非一次，所詈亦非一詞，故下有「不予聽」句。曰鮌婞 悻同 直以亡身兮，終然殀乎羽之野 叶譽。直者可鑒。汝何博謇而好脩兮，紛獨有此姱節 叶即。博學忠言，喜脩美行。薋菉葹 音資祿施 以盈室兮，判獨離而不服 叶弼。薋，蒺藜。菉，玉芻。葹，枲耳也。喻舉朝皆惡行，獨求清白。判，别也。衆不可户説音税兮，孰云察余之中情？誰説有監汝不爲惡行，出於忠君愛國本心乎？以原平日冀望人知之語，爲不然也。世並舉而好朋兮，夫何煢獨而不予聽平聲？舉朝皆私黨，汝何獨立于世，而不聽吾言，同于鮌之悻直乎？女嬃言止此，舊注把後四句作原言，大謬。○已上借女嬃詈己之言，見得舉世皆婦人見識，没處置辯，没處容身，爲下文折中前聖、見帝求女張本。此無聊之極也。

依前聖以節中兮，即折中，乃持平之意。喟憑心而歷兹。歎息而任此心以往。濟沅湘以南征兮，就重華而敶陳同詞。舜葬九疑山，在沅湘之南。陳詞者，求其折中也。啓九辯與九歌兮，禹辨九州物數與六府三事之樂，啓能繼之。夏康娱以自縱。太康不顧祖德。不顧難去聲以圖後兮，五子用失乎家衖叶乎貢反。巷同。羿拒於河，五弟都於陽夏。羿淫遊以佚畋兮，又好射音石夫封狐。封，大也。固亂流其鮮終兮，因亂得政，宜不能久。浞音濁又貪夫厥家叶姑。寒浞殺羿而取其室。澆奡同身被服强圉兮，浞子，多力。縱欲而不忍。不能耐欲。日康娱而自忘兮，忘其可憂。厥首用夫顛隕。少康誅之。夏桀之常違兮，常背道。乃遂焉而逢殃。湯放之。后辛之菹醢兮，紂殺比干，醢梅伯。殷宗用之不長。武王滅之。○右十六句，皆棄義與善而不用不服者。湯禹儼而祗敬兮，周論道而莫差叶磋。三后之所以純粹者。舉賢才而授能兮，用人之當。循繩墨而不頗叶波。守法之公。

皇天無私阿兮，覽民德焉錯 措同輔。見爲民所德者而默置佑助，此定理也。夫維聖哲之茂行兮，苟得用此下土。三后所以有天下。瞻前而顧後兮，前之是非，後之成敗。相 去聲 觀民之計極。民之所計，以有德者爲極而歸之，根上「民德」句來。夫孰非義而可用兮，孰非善而可服 叶弼。義與善所以爲德。自九辨、九歌至此，皆重華身後未及見之事，故歷陳之。

阽 余廉反余身而危死兮，阽，臨危也。以上文所陳諫君，而獲罪幾死。覽余初其猶未悔 叶毁。自視其始，有以致之。不量鑿 音良漕而正枘 口鋭反兮，鑿，穿孔也。枘，刻木端以入鑿者。言不計君之不能受，但以正諫。固前脩以菹醢。如龍逢、梅伯皆然，何足爲悔！曾歔欷余鬱邑兮，哀朕時之不當 平聲。所可哀者，生不當舉賢之時，偏值菹醢之世耳。攬茹 如吕反蕙以掩涕兮，霑余襟之浪 音郎浪。茹，柔耎也。求折中之詞止此。○已上叙諫君皆據三代興亡之理。其獲罪之故，則自認不能上度其君，而歸之生不逢時，所謂怨誹不亂者也。

跪敷衽以陳辭兮，耿吾既得此中正 平聲。耿，明也。駟玉虬以椉 乘同鷖兮，虬，龍屬。鷖，鳳屬。溘埃風余上征。中正之神，自與天通，非以形用也。朝發軔 音刃於蒼梧兮，夕余至乎縣 音玄圃。在崑崙上。欲少留此靈瑣兮，門鏤也。日忽忽其將暮。恐一留則不得復行。吾令羲和弭節兮，望崦嵫 音奄兹而勿迫。令御日者不放日入。路曼 莫半反曼其脩遠兮，吾將上下而求索 叶色。舉世無一人。若得一知我者而事之，是君之一瘖也；得一同我者而交之，是俗之一改也。安得不上下而求索？雖曰寓言，然搶地呼天之情已不勝其危急矣。此一句，作下文見帝求女總引。舊注皆作求賢君，是以與國存亡之箕比，認爲朝秦暮楚之蘇張，豈不辱殺！飲 去聲余馬於咸池兮， 日浴處。總余轡於扶桑。 日出處。折若木以拂日兮，木名，在崑崙西極。拂拭使日加明。聊逍遥以相羊 徜徉同。既暮待旦，且少留自適，再求索也。前望舒使先驅兮， 月御。後飛廉使奔屬。 風伯。鸞凰爲 去聲余先戒兮，雷師告余以未具 叶局。雷威恐有唐突，故不敢用。吾令鳳鳥飛騰兮，又繼之以日夜。望舒得所用矣。飄風屯其相離兮，帥雲霓而來御 音迓。迎也。飛廉得所用矣。紛總總其離合兮，班 斑同陸離其上下。斑，亂雜貌，風雲飛動之象。此時似可遂其求索矣。吾令帝閽開關兮，帝，天帝。閽，主門之隸。令開關，欲入見帝也。倚閶闔而望予 叶與。閶闔，天門也。只是不保我。時曖曖其將罷 音皮兮，日又暮，吾力亦將疲，不得入矣。結幽蘭而延佇。惟以芳自潔，引領跂立於外。世溷濁而不分兮，好蔽美而嫉妬。欲求知於天上。初來時，異樣急切；既到後，何等悲涼。因思天帝之溷濁不分，與世無異，不得不舍之而他求也。

朝吾將濟于白水兮， 白水出崑崙。登閬風而緤馬 叶母。崑崙山上。忽反顧以流涕兮，哀高丘之無女。閬風山上無神女可求，故哀之。○因求見帝而不得，意謂知我之人，竟無可求索矣。然豈無類我之人，可取以相配，免我爲煢獨乎？故有求女一着。且是時鄭袖專寵，緣君不明，其德相配，故以古賢后爲感諷之微詞。史記稱其好色不淫，指立言之體如此，非謂有是事也。舊注比求賢臣，已屬無謂，或又比求賢君，是以君反爲臣之配，且侮褻古賢后，豈不冤殺！溘吾遊此春宮兮，忽然又遊至東方青帝舍。折瓊枝以繼佩 叶備。以玉樹可貴而折之，以續佩之所無。及榮華之未落兮，相 去聲下女之可詒 音異。乘其顏色尚存，視神妃有侍女，而遺之以通吾意。吾令豐隆乘雲兮，豐隆，雲師也。見思美人篇。求虙妃之所在 叶紫。伏羲氏女，溺洛水爲神。解佩纕以結言兮，即以瓊枝致其幣。吾令蹇脩以爲理。蹇脩，疑下女能媒者。理，通其詞也。在吾可謂有禮矣。紛總總其離合兮，其始猶離合不定。忽緯繣 音微畫其難遷。緯繣，乖戾也。卒然乖戾見絶，遂不可移，以其驕傲也。夕歸次於窮石兮，次，舍也。窮石，弱水所出者。朝濯髮於洧盤 叶便。平聲。出崦嵫山，見絶後來此。凡早起，必理髮而沐之。保厥美以驕傲兮，恃色無禮。日康娱以淫遊。不理正務。雖信美而無禮兮，來違棄而改求。此女勿論不易求，亦不願求也。驕傲無禮等句，明刺鄭袖，與大招美人俱在「比德」、「姱脩」、「易中利〔二〕心」上較論，立意相同。○求女不合者一。

覽相 去聲觀於四極兮，四極，即四荒。既視而度之，既度而又視之，極其審也。周流乎天余乃下 叶户。從極高迫天處而下視，以便改求，非再登天也。望瑶臺之偃蹇兮，見有娀之佚女。偃蹇，儃佪貌。自上望下，見其塊然如儃佪不動也。有娀，國名。佚，美也。即高辛妃簡狄，處於瑶臺。吾令鴆爲媒兮，鴆告余以不好。懷毒者，反來間阻。雄鳩之鳴逝兮，余猶惡去聲其佻巧叶苦老反。輕薄者，不足取重。心猶豫而狐疑兮，欲自適而不可。又無自媒之禮。鳳凰既受詒兮，恐高辛之先我。良媒先受人託，必爲所得。○求女不合者二。欲遠集而無所止兮，再無他處可往。聊浮游以逍遥。及少康之未家兮，留有虞之二姚。少康妻。理弱而媒拙兮，理劣于少康，而媒又無可致詞。恐導言之不固。即結言亦不能堅其意。○求女不合者三。世溷濁而嫉賢兮，好蔽美而稱惡叶烏故切。欲求與我同類之人，天上天下，或遇讒間，或乏任使，而所往皆不合。因思天上天下，溷濁嫉賢，亦與世無異也。閨中既以邃遠兮，總上求女一段。哲王又不寤。總上求見帝一段。懷朕情而不發兮，中情終無可告訴處。余焉能忍而與此終古？天上天下，總無可以容身處。○已上叙舉世無知之後，纔有往觀四荒之説。及「上下求索」皆與「世之溷濁」無異，竟無一知我類我者。則君必不能冀其一悟，俗必不能冀其一改，可知矣。此身所寄，少不得要决之於卜，定之於巫。雖滔滔汩汩，無數層折，弄成這一大段，看來却是下文靈氛巫咸二段引子。

索藑音瓊茅以筳篿音專兮，藑茅，靈草也。筳，小折竹也。楚人名結草折竹以卜曰篿。命靈氛爲余占之。靈氛，古善卜者。曰兩美其必合兮，以同類故。孰信脩而慕之？楚無同類，誰信汝之脩潔而慕之乎？思九州之博大兮，豈惟是其有女？天下之大，必有同類者，豈但楚國有之？曰勉遠逝而無狐疑兮，更端而言，令其去楚。孰求美而釋女 汝同？且有人來求汝者，不待汝往求也。何所獨無芳草兮，何處無脩潔之人？兩美必合，得所依歸，可以自樂其樂。爾何懷乎故宇 叶武？九州皆可以往。〇靈氛言止此。

世幽昧以眩曜兮，昏暗瞀亂。孰云察余之善惡 叶烏故反？余之中情必不見察，雖遠逝亦無所合。民好惡其不同兮，惟此黨人其獨異。但未有如楚黨人之甚，另是一副肝腸耳。户服艾以盈要 腰同兮，獨好臭穢。謂幽蘭其不可佩 叶備。獨惡香潔。覽察草木其猶未得兮，豈珵 音呈美之能當？珵，美玉也。草木且不辨其香臭，况美玉之價值。蘇糞壤㠯 以同充幃 音揮兮，蘇，取也。幃，香囊也。謂親小人。謂申椒其不芳。忠直類椒之辣氣，謂遠君子。〇已上叙人無類我，由于好惡顛倒，故無信而慕之者。靈氛言九州，原止言楚，以念念撇楚不下也。

欲從靈氛之吉占兮，去國之説。心猶豫而狐疑。以宗國世卿之義。巫咸將夕降兮，殷中宗神巫。懷椒糈 音洗而要 平聲之。求其再決。百神翳其備降兮，翳，蔽也。九疑繽其並迎 叶御。九疑，山神。繽，盛貌。皇剡 音冉剡其揚靈兮，剡剡，光貌。告余以吉故。曰勉陞降以上下兮，指山川險阻言，亦勸其去國也。求榘矱 音穫之所同。但求君德有同我者事之。湯禹儼而求合兮，敬以求賢主之合德。摯咎繇 皐陶同而能調 叶同。能調和而必合。苟中情其好脩兮，又何必用夫行媒叶迷？矩矱既同，君自知我，不待汲引如求女之行媒。説操築於傅巖兮，武丁用而不疑。呂望之鼓刀兮，遭周文而得舉。甯戚之謳歌兮，齊桓聞以該輔。該，備也。皆不用行媒者。及年歲之未晏兮，年尚未老。時亦猶其未央。央，盡也。世道亦未極壞。恐鵜鴂音題决之先鳴兮，使夫百草爲之不芳。鵜鴂，即詩所謂「七月鳴鵙」者。陰氣至則草死，若再遲待老，則世道日趨于壞，正人凋謝，天下事益不可爲矣。此勉其速于求君，行道以救世也。○巫咸言止此。

何瓊佩之偃蹇兮，衆薆音愛然而蔽叶鱉之。薆，衆樹陰蔽貌。言有美德，被衆人爭壅，使君不得聞。惟此黨人之不諒良同兮，恐嫉妬而折之。若君側無人調和，勢必有行讒而加害，安得不用行媒？時繽紛以變易兮，亦不得謂之未央。又何可以淹留？雖不求君，但不可不遠逝。蘭芷變而不芳兮，荃蕙化而爲茅叶謀。何昔日之芳草兮，今直爲此蕭艾也！正士一齊變而從俗。豈其有他故兮，莫好脩之害也！以昔日所脩無定操，非出于性之所好故。余以蘭爲可恃兮，羌無實而容長。虛有其表。委厥美以從俗兮，苟得列乎衆芳。浪得虛名〔三〕。椒專佞以慢慆兮，樧音殺又欲〔四〕充乎佩幃音暉。既干進而務入兮，又何芳之能祗音祈？不能敬守其芳，愈不成芳。固時俗之流從兮，水之流下，從而不能逆返。又孰能無變化平聲？覽椒蘭其若茲兮，又况揭車與江離叶羅化反。世道江河，豪傑如此，則中材可知。是百草已不芳，鵜鴂之鳴久矣。伏下「國無人」句。惟茲佩之可貴兮，委厥美而歷茲。置之未用而歷此時。芳菲菲而難虧兮，芬至今猶未沬叶莫之反。芳指草言，芬指味言。止剩得一人不從俗，所以可貴。和調去聲度以自娛兮，和有不亢不隨之意。和其格調法度，自樂其身。聊浮游而求女。不但不求君，即求女亦付之意外之遇。以世道變易，勢不可必得也。及余飾之方壯兮，乘此佩飾，方及年歲未晏。周流觀乎上下叶户。如前云「往觀四荒」，所謂「何可淹留」者，非求仕於外也。○已上叙世變日甚，不堪着眼，「周流觀乎上下」，支離其説，出于無可奈何。巫咸言陞降求君，原只言黨人嫉妬，亦念念撇楚不下也。

靈氛既告余以吉占兮，不言巫咸，以咸有上下求君之説，不忍言也。歷吉日乎吾將行叶杭。欲周流。折瓊枝以爲羞兮，餔也。精瓊爢音靡以爲粻。精，鑿也。瓊爢，玉屑也。皆取其潔。爲余駕飛龍兮，引車所用。雜瑤象以爲車叶姑。以美玉、象牙飾車，皆取其貴。何離心之可同兮，心既離不可復合，自分無補於楚。吾將遠逝以自疏。惟有他適避之，免礙楚君臣耳目，致煩擯斥。此收拾起程之詞。邅吾道夫崑崙兮，路脩遠以周流。揚雲霓之晻藹兮，雲霓爲旌，揚則陰蔽。鳴玉鸞之啾啾。鈴之着于衡者，動之則響。朝發軔於天津兮，箕斗之間，漢津也。夕余至于西極。鳳凰翼其承旂兮，以交龍之旂敬從車後。高翺翔之翼翼。和也。此周流平路之詞。忽吾行此流沙兮，遵赤水而容與。赤水出崑崙東南陬。容與，亦自娛之意。麾蛟龍以梁津兮，以蛟龍爲橋於津上。詔西皇使涉予叶與。詔，告也。西皇，少皞也。涉，渡之也。路脩遠以多艱兮，騰衆車使徑持。藉衆力隨路而持其危，不使車敗，所以渡之也。舊本「持」誤「待」字。路不周以左轉兮，指西海以爲期。不周，山名。從此路左行，衆車會于西海之上，可見西皇。此周流險路之詞。屯余車其千乘兮，齊玉軑音大而並馳。軑，轂内之金也。車比前更多。駕八龍之蜿蜿兮，龍比前更多。載雲旗之委蛇。旗比前更多。抑志而弭節兮，神高馳之邈叶莫邈。雖按步而神已遠去，期早到西海也。奏九歌而舞韶兮，聊假日以媮樂。舜禹之樂，乃平日大本領。今西皇肯涉予，則西皇其知余矣。途中不妨奏而舞之，且眼不見楚國，正好借此餘日，把在楚之鬱抑侘傺、太息掩涕苦情，一切放下。所謂「和調度以自娛」者，此也。

陟陞皇之赫戲音熙兮，皇，天也。戲，一作曦。初陞天之日，無遠不照，而我反登于上。忽臨睨去聲夫舊鄉。偶俯視楚國。僕夫悲余馬懷兮，蜷音拳局顧而不行叶杭。曲促回顧，不肯前往。○已上叙宗國世卿無可去之義。一觸目間，西海不能到，媮樂不能終，而遠逝自疏之舉，徒成虚願。總是忠君愛國之心，鬱結不解，除死之外，無第二條路也。

亂曰：卒章之詞。已矣哉！吾望絶矣。國無人兮，無正士，是俗終不一改矣。莫我知兮，只有我一人，又無人知，是君終不一悟矣。又何懷乎故都！不堪回首，懷之何益？既莫足與爲美政兮，歸國之後，既無足與爲善政之人濟亂扶危，則國必亡，家必覆，安忍坐視？吾將從彭咸之所居。唯有投水而死一着，了却許多牽掛。〇已上把與國存亡之義結出本旨。晦翁謂原「忠而過」，嗚呼！忠豈有慮其過之理乎？

林西仲曰：三閭大夫是古今第一等人物，其文章亦古今第一等手筆。最難讀者，莫如離騷一篇。以其變幻瑰異，眩其重複，且有疑其行媒求女等語，有涉侮褻。但要知作者是何許人，處何地位，便知當日如何存心，如何落筆。

兹尋出頭緒，分出段落。以己之好脩、君之美政作眼，清直爲好脩之實，賢能繩墨爲美政之用。其立言大意，以爲吾正直之質，本之於性而濟之以學，其所以汲汲若不及者，無非欲乘時匡君，致之以二帝三王之道耳。

不期上官與靳尚等行讒見疏之後，導君於不當行之邪徑，以遂其偷樂。吾之直諫，實出於忘身愛君，而君不察吾心，反增前此之怒。雖吾被疏不足致惜，但君與吾既有成言，終而悔遁，德無常操，其不足有爲可知。而吾平日所得之正人，無門進用，一時俱棄，其所關於國尤匪小也。

若揆當日黨人行讒之故，緣其本以貪婪固寵，謬謂吾得侍君側，亦以賄進，妨奪其利，而不知吾不以進身爲榮，而以脩名不立爲恐。雖知招妬，願以身殉，免此方民生日苦求索，死不敢辭也。

若論今日吾君聽讒之故，又緣其縱放無檢，不察民心之公，止樂逢迎之巧，而不知黨人之棄法度，畏吾清直相形，以謠諑中傷陷之於罪。吾止求告無罪於前聖，俗不敢狥也。

在吾既斥之後，非不知少貶從俗，以圖再進。但思此番若一失足，便入黨人之群，同作欺君誤國之事，故寧從吾所好，脩吾初服。即舉世無見知，若設一癡想，能以神遊，往觀四海之外，得一知我或類我者，則人道當不至澌滅殆盡，君尚可一悟，俗尚可一改，於願足矣。守死不變，此素心也。

忽於不經意中，無端被姊女嬃當面搶白，絮絮叨叨。因思既不得於君，又不諧於俗，甚至不見諒於家，無處訴辯，不得已陳詞重華，求前聖之折中；且神遊上天下地以求索焉，蘄其庶幾一遇，亦可謂無聊之極者。及見帝而帝不可見，求女而女不可求，是四海之外，與時俗之溷濁嫉賢，無甚異也，計已窮矣。

一決之於卜，再決之於巫，止求示一容身之地，別無他願。而靈氛又以他國求女爲詞，巫咸又以他國求君爲勸，獨不思楚之忠佞不能辨，而他國容有能辨者乎？楚之忠者皆變而爲佞，而他國容有不變者乎？即無論能辨不能辨，有變有不變，但吾以楚族而爲世卿，大義攸關，一言及他國，已無以自存矣。巫咸爲不入耳之談，不必復道，即靈氛遠逝之言，亦當仍在四海之外。以目不見楚國，聊借自遣，神遊西海，乃萬不得已。又不意從空俯視，忽見舊鄉，安能竟前往而不顧哉？

總之歸楚之後，君終不悟，俗終不改，國無人而朝無政，亡可立待。惟有一死，以盡與國存亡之義而已。

此篇自首至尾，千頭萬緒，看來只是一條線，直貫到底，並無重複。

至所謂「求女」一節，按史記，張儀至楚，厚幣靳尚，設詭辯于鄭袖，懷王竟聽鄭袖。厥後稚子子蘭勸王入武關。稚子何知？其爲袖宫中主之無疑。故又斷其内惑於鄭袖，即卜居篇亦有「事婦人」之句。明明當日黨人與袖表裏，貪婪求索，殘害忠直，舉朝皆袖私人，奈黨人可以明言，而袖必不便形之筆墨。篇中先借一女嬃出頭，説出許多没道理的話，令人逃又逃不去，辯又辯不來，見得仕途中都是婦人爲政，憑他如何顛倒，無可置喙也。

其叙求女皆古賢后，如虙妃驕傲，既不足求，而有娀二姚，又不能求。蓋惟不能求，所以成其爲賢后。原意謂牝鷄無晨，君所聽信者，必如古賢后則可，不然，未有不爲夏喜、殷妲、周褒、晉驪之續。史記所謂「其詞微」者，蓋指此也。

武王十亂，邑姜與於九人之數，才德相當，不足爲嫌，故取爲同類之比。行媒解佩，即介紹致幣也，又何侮褻之有？舊注皆作「求賢君」之詞，但問「閨中邃遠」句，既比求賢君而不遇矣，「哲王又不寤」句，更比何等人耶？

且原於楚有箕比之義，與孔孟可以轍環列國不同。他國求仕，出於靈氛巫咸之口則不妨，而舊注皆以原欲自求，相沿不改，豈非恨事！

愚按：屈子全副精神，總在憂國憂民上，如所云「恐皇輿之敗績」，「哀民生之多艱」，其關切之意可見。因被讒疏絀之後，純是黨人用事，以致國事日非，民生日蹙，即哀自己，亦所以憂國憂民也。

後段既云遠觀四荒，宜如遠遊篇四極俱到。乃發軔即云至縣圃，又云邅道崑崙，至於西極，及詔西皇，期西海，止在西方一面，因見故鄉而遂歸，絶不提起東、南、北三方。明明知楚屢困於秦，將來必爲秦併，故特取道以觀形勢。亟歸視楚，若國中有人與爲善政，或可稍支。蓋以微詞諷諫，而懷王竟置若罔聞。此太史公所以謂之「終不悟」也歟？林沅附識。

【校勘記】

〔一〕炊，原作「吹」，楚辭補注（四部備要本）引説文云：「齎，炊餔疾也。」據改。

〔二〕利，原作「和」，據楚辭集注改。

〔三〕名，原作「若」，據文意改。

〔四〕「欲」字原脱，據楚辭集注補。

楚辭燈卷之二

晉安林雲銘西仲論述　男　沅芷之較

九歌總論

九歌之作，王叔師謂沅湘之間，其俗信鬼，屈原竄其域，見祭祀歌舞詞章鄙俚，而更定之，上陳事神之敬，下明己之寃，托以諷諫。故所注諸篇，皆以爲巫之言，以卜日爲巫卜日，以沐浴爲巫沐浴，以靈爲巫之身，以靈之服爲巫之服，甚至以稱美人爲巫之自稱。紛紛削趾適屨，不顧上下文脉理難通。至謂湘君、湘夫人，以男主事陰神，故其情意曲折尤多，難免侮褻，更不可訓。或又以爲非祭詞，乃隨意致情，比之唐人感懷漫興之什，似覺太無着落，皆非作者之本旨也。

余攷九歌諸神，悉天地、雲日、山川正神，國家之所常祀。且河非屬江南境，必無越千餘里外往祭河伯之人，則非沅湘間所信之鬼可知。其中有言迎祭者，有不言迎祭者，有言歌舞者，有不言歌舞者，則非更定其詞托於巫之口，尤可知矣。

按：九章惜誦篇有「蒼天爲正」、「五帝折中」、「六神嚮服」、「山用備御」等語，總因竭忠被斥，無所控訴，不得已求之於神，冀有以自白其心，且多不遇，尤覺悲慘。若湘君、湘夫人二篇，即離騷求有娀二姚之意。初未嘗爲男主事陰神，分門別類，是迎神則原自迎，祭神則原自祭，歌舞或召巫歌舞。其詞其意，乃九章之變調，非他人祀神者所能取用。諷諫不諷諫，時黨人環侍君側，總亦未必能上達也。萬斛血淚，九曲熱腸，搶地難通，呼天不應，又豈隨意致情、感懷漫興之什所能儗乎？

至於九歌之數，至山鬼已滿，國殤、禮魂似多二作。五臣云「九者陽數之極」，取「簫韶九成」之義，涉於附會荒唐。姚寬謂如七啓、七發之類，不論篇數，但九章又恰符其數，亦非確論。蓋山鬼與正神不同，國殤禮魂乃人之新死爲鬼者，物以類聚，雖三篇實止一篇。合前共得九，不必深文可也。

九歌

東皇太一

舊注：天之尊神，祠在楚東，以配東帝，故曰東皇。漢書云：「天神貴者太一，太一佐曰五帝」。「中宮天極星，其一明者，太一常居也。」

吉日兮辰良，卜得日時之佳。穆將愉兮上皇。穆，静敬之意。將，奉也。謂静敬其心，奉其物以致祭也。愉，悦之也。伏下「欣欣」句。上皇，東皇也。此句一篇之總。撫長劍兮玉珥，璆鏘鳴兮琳琅。珥，劍鐔也。璆、鏘，皆玉聲。帶劍佩玉，整其服以示迎神之敬。

瑶席兮玉瑱　鎮同，立神位，布席而壓之以玉。盍將把兮瓊芳。盍，合也。將把，奉持也。合衆芳之貴如玉者，奉持而列于堂前，不獨一玉鎮之而已。舊注欠妥。蕙肴蒸　烝同兮蘭藉，奠桂酒兮椒漿。將其酒肴之美者，以爲饗神之敬。

揚枹　音孚兮拊鼓，枹，鼓槌。輕擊曰拊，所以節音。疏緩節兮安歌，疏，希。緩，徐也。鼓之節奏希而且徐，故歌亦甚安。陳竽瑟兮浩倡　叶昌。及絲竹既列，則歌大其聲以爲倡，而使吹彈以爲和。三句是將其樂歌之備，以爲娱神之敬。

靈偃蹇兮姣服，偃蹇，儃佪貌。神將降，若見其服之美，此「如在」之誠也。舊注巫身，欠妥。芳菲菲兮滿堂。總上「瓊芳」三句。五音紛兮繁會，總上「揚枹拊鼓」三句。君欣欣兮樂康。君，指神言。謂神降此，見供具，當娛而安之，不必儃佪不前。所謂愉也。

林西仲曰：此九歌第一篇，其神較之他神，亦第一貴。漢武帝所祀者，即此也。篇中總是欲致其敬，以承其歡，一意到底。有埋伏，有照應，段落甚明，無甚難讀，但苦爲舊注傳訛汩没耳。舊注把第六句「盍」字解作「何不」二字之義，不知「盍」字原有合與覆二義。「何不」二字，乃詰問之詞，「奏假無言」，更有何人可詰問耶？此其訛一也。祭神或有歌而無舞，惟東君則兼之。舊注因不解「將把」二字之義，硬作巫所持以舞之物，下面不得不以「疏緩節」作舞之節。獨不玩末二句總收上文，只言五音不言舞乎？此其訛二也。敬神重在主祭，不重在巫。「偃蹇姣服」明明提出「靈」字，謂靈之將來，若見其服之美，即東君之「青雲衣」「白霓裳」是也。舊注乃把「靈」字硬作巫身，謂身則巫而心則神，不但妄誕，且指巫爲神，侮神極矣！此其訛三也。知此三訛，方許讀是篇妙文。

雲中君　雲神也

浴蘭湯兮沐芳，濯髮但取香草之氣，不擇草名。華采衣兮若英叶央。草木之萼曰英，言其新鮮之意。潔其身，盛其服，所以爲迎神之禮。就主祭者言。靈連蜷兮既留，連蜷，長曲貌。留者，留於天上。舊注非。爛昭昭兮未央。仰望第見其光之無盡。謇將憺兮壽宮，謇，蹇同。憺，悦也。壽宮，靈久居之處，即雲中也。舊注非。與日月兮齊光。樂以其光，與日月之光相映射，所以留而不行。龍駕兮帝服，與龍相從，如使之引車。彰施五采，如帝之作服。總言其貴。聊翺遊兮周章。周流之意，言即行亦只遊于天，不即降也。○已上叙迎神而望其降之切。

靈皇皇兮既降，猋 音標遠舉兮雲中。猋，疾也。一降而即去，不肯暫留。覽冀州兮有餘，横四海兮焉窮。覽，翺遊所望也。冀州爲九州之首。有餘，則九州皆在一覽中矣。横四海，仍從事於周章也。○已上叙神降之遲而去之速，不以人之迎神爲念。思夫 音扶君兮太息，極勞心兮𢥞𢥞 音童。𢥞𢥞，心動貌。始終不能盡祭享之誠，所以思而長歎，極其勞瘁而心動也。○二句以迎神既失所望，而繫思終不釋作結。

林西仲曰：雲之爲章於天，無遠不到，或行或止，皆使人可望而不可即，其爲神亦猶是也。開手輕輕提出迎神誠敬二句，即説入神之止於天而不行，及行而不降，與降而不留之景，則迎神之誠敬，不得不轉爲思神之勞瘁。大旨已盡，層折甚明也。

其所云「浴蘭湯」二句，就主祭者言，而舊注以爲命巫之詞。然則主祭者皆當垢身蓬頭、着敝衣以爲禮耶？

所云「連蜷既留」，乃留於天上，即湘君「留中洲」之義，而舊注以爲留于巫身。若留巫身，何以能爛昭昭與日月爭光？其「翺遊周章」者，又是誰耶？且下文「既降」二字，涉於重複，即「遠舉」句，亦用不得「猋」字矣。

篇中自首至尾，總未嘗道出酒肴字樣，而舊注硬添「飲食既飽，猋然遠舉」等語。若然，是神降既久，而又得其歡矣。世間無不散之筵席，何必思而歎，極其心之勞乎？此皆最明白易曉者，亦相沿不改如此，余誠不知其何故也。

湘君 娥皇也。

君不行兮夷猶，君，指湘君。夷猶，疑不決行。蹇誰留兮中洲？蹇，難行貌。言爲誰留待於中洲不肯行乎？美要眇 妙同兮宜修，宜，相稱也。修飾容儀，又似有欲行之狀。沛吾乘兮桂舟。沛，行貌。望其登所迎之舟而速行。令沅湘兮無波，使江水兮安流。望其沿途無阻而易到。望夫 音扶君兮未來 音釐，吹參差兮誰思？參差，洞簫，舜所作。言我望乎君，而君未來登吾舟，但吹舜所作之洞簫，將誰思乎？料必思舜而欲他往也。○已上言待湘君而不至。

駕飛龍兮北征，湘君果他往矣。邅吾道兮洞庭。幸其過我洞庭之道，而迍邅不進，猶可邀而請也。○舊解飛龍係己自駕，則「吾道」二字説不去。薜荔柏兮蕙綢，柏，搏壁。綢，束也。結屋水中候之。蓀橈音蕘兮蘭旌。且作船旗接之。望涔陽兮極浦，涔陽，江碕名。遠望而伺其來。橫大江兮揚靈。橫截大江，而發揚我之精誠以感格之，定不放其前去也。揚靈兮未極，女嬋媛兮爲去聲余太息。我之竭誠猶未已，而湘君之侍女以不能如願，爲余嘆惋。橫流涕兮潺湲，隱思君兮陫側叶即。陫，陋也。言解侍女之意，徒哀思於側陋中，不敢告人。○已上言邀湘君而不遇。

桂櫂兮蘭枻叶泄，斲冰兮積雪。不意吾所乘舟，遇凍斲冰而行。天又積雪，不可前往。采薜荔兮水中，搴音蹇芙蓉兮木末。喻所求必不得。心不同兮媒勞，女心不合，媒徒費力。恩不甚兮輕絶。恩結不深，易於相棄。石瀨兮淺淺，俯視己之舟路難進。飛龍兮翩翩。仰視湘君之駕已過。交不忠兮怨長，是我之欲交者，尚未盡其誠歟，徒長自怨而已。期不信兮告余以不閒叶賢。故期待不如約，而以他往無暇爲辭也。○已上言遇湘君而不留。

鼂騁騖兮江皋，夕弭節兮北渚。絶望而行且歸。鳥次兮屋上，水周兮堂下叶户。杳不見神，惟凄寂之景現前矣。捐余玦音揭兮江中，遺余佩兮澧音里浦。采芳洲兮杜若，將以遺去聲兮下女。下女，即前太息之女也。既爲我太息，尚有哀我之情，當以我之物致贈，求其代達我意。時不可兮再得，奈吾已歸，未得用此策。時既失矣，今復何及！聊逍遥兮容與。容與，暢適也。此時怨亦無益，思亦無益，且自排遣目前，正是無聊之極也。○已上言歸家而追計迎湘君之失策。

林西仲曰：此與湘夫人二章，皆離騷求女之意。「媒勞」二字，即離騷「媒拙」之意；求神自始至終，不能一遇，即離騷「高丘無女」、「閨中邃遠」之意。此皆無待論也。但各章文字俱要還他本章題目，舊注句句盡解作被放思君，不特章章可以移用，且上下文理竟成牛鬼蛇神，荒誕不通。此其第一謬也。次則如此章「吹參差」，認作自己吹，「駕飛龍」，亦認作自己駕。夫既自吹矣，尚不知誰思而待問耶？舊謂「不思湘君」而思誰？又當添出蛇足矣。既自駕矣，邅於洞庭而不進，何爲也耶？舊謂念楚國而返故居，何時不可念，乃於迎神時而往？尤不誠矣。更可笑者，以「女嬋媛」認作屈原姊，不知「嬋媛」二字，通言女之容，非婁一人得專。且神之遇不遇，原尚不知，姊何由知之而太息？舊謂責原不改行從俗，是正直不能遇神，邪曲方能遇神，幾於慢神洩憤矣。

余痛掃諸解，分出段落，而上下啣接神情，庶不爲筌蹄所掩。有識者其許我乎？

湘夫人 女英也。

帝子降兮北渚，堯次女。自九嶷降，故曰北。目眇眇兮愁予，叶與。人遠視，則半睫而目若小。知余見斥，有悲憐之意。此恍忽中無端癡想，而知其如此。嫋 音鳥 嫋兮秋風，洞庭波兮木葉下 叶户。波因風生，木因風落，又值難堪之時景，亦知余之必愁而代爲愁，可以因其情而與之期矣。

登白薠 音煩 兮騁望，薠，水草，秋生南方。與佳期兮夕張 去聲。佳，佳人，指帝子也。期，約也。張，陳設也。欲迎而享之，意之所至，非與面訂也。伏下「築室」十四句。鳥何萃兮蘋中，不依於林。罾 音曾 何爲兮木上？不施於水。二物皆失其所宜，疑所期者，正成虛願。沅有芷兮澧有蘭，思公子兮未敢言。欲得所期而既不可必，所以結而爲思。觸景而情生，又恐其瀆，故不敢出諸口，不稱帝子而稱公子，以公子爲思人之通稱，即「未敢言」之意也。恍忽兮遠望，觀流水兮潺湲。水之外，別無所見。麋何爲兮庭中，不處山澤。蛟何爲乎水裔？不潛深淵。所見之物，又皆失所宜，則所期者益不可得矣。安可不前往北渚而迎之乎？

朝馳余馬兮江皋，夕濟兮西澨。往迎而時已夕，正當張供具之候矣。聞佳人兮召予，因思極而恍忽中，又無端癡想，而聞其如此。將騰駕兮偕逝。即將所馳之馬，躍而應召，與來召者同行。蓋喜出望外，恐有愆期，情之切也。築室兮水中，即往北渚而營供神之處。葺之兮荷蓋 叶既。葺，覆也。蓀壁兮紫壇 音善，紫，紫貝。壇，中庭也。匊 古掬字 芳椒兮成堂。匊，布也。桂棟兮蘭橑 音老，蘭，木蘭。橑，椽也。辛夷楣兮葯 音約 房。辛夷，木筆花。楣，門户横梁也。葯，白芷葉也。六句言築室既成。罔薜荔兮爲帷，罔，結。帷，帳也。擗蕙櫋音綿兮既張。擗，折。櫋，聯也。既張，鋪以爲席也。白玉兮爲鎮，壓席者。疏石蘭兮爲芳。疏，陳也。以爲供具。芷葺兮荷屋，屋，俎也。字彙謂「夏屋爲大俎」。以荷爲之，覆之以芷。繚音了之兮杜衡。繚，束縛也。杜衡，即杜若，又名馬蹄香。縛之使安其處也。○六句言室内之供具。合百草兮實庭，門屏之内。建芳馨兮廡音武門。堂下周廊。二句言室外之供具。○此時夕張已畢，自謂可以邀神顧，而效其致祭之誠矣。九嶷繽兮並迎，靈之來兮如雲。不意山神率衆，紛然迎歸九嶷，暫留不得，可謂大失所望。把聞召後許多布置，盡付一場夢幻，豈不悶絶？

捐余袂兮江中，遺余褋音牒兮澧浦。遺，棄也。褋，襜襦也。搴汀洲兮杜若，汀，水際平地。洲，水中可居者。將以遺去聲兮遠者。指夫人之侍女。以其既去之遠而名之也。時不可兮驟得，「驟」字，根篇首「與佳期」句來。較前不同，言以夫人之貴，豈是這般容易邀致？至去後，方知前此之輕妄。聊逍遥兮容與。思之無可思，望之無處望，只得留爲有待，自己排遣。亦前篇無可奈何之意也。

林西仲曰：是篇與前篇，同一迎祭湘水之神，而行文落想迥别。湘君自始至終總不一顧，湘夫人則方降而即相憐，是訂期以陳供具，可不嫌於唐突；方迎而先見召，是築室以効薦馨，亦不涉於支離。皆於不經意中，生出許多疑信，許多歡幸。乃忽爾舍北渚而還九嶷，究竟末後一着，仍與湘君一般發付。總是見斥於君以後，無可告語，精誠所結，顛倒迷亂，幻成無端離合，不可以常理論。故中間提出「怳忽」二字，作前後眼目；末段把前篇語換個「驟」字，以前此曾有相關之意，冀將來從容圖之，或可庶幾一遇。癡想到底，不比湘君「時難再得」，其望便絶，此惓惓之深衷也。

舊注雖無大訛，但文中脉絡曲折全不理會，且以篇首「目眇眇」屬夫人，「愁予」屬主祭者，不特文理難通，即下文「召余」二字，亦無來歷。而陸時雍又謂主祭者以目不見夫人爲愁。不知遠望之人，無自見其目之理，何以知其爲「眇眇」也？讀者但玩「騁望」、「遠望」等語，即在下文緊接，不當重複若此，則知之矣。

開篇「嫋嫋秋風」二句，是寫景之妙；「沅有芷」二句，是寫情之妙。其中皆有情景相生，意中會得，口中説不得之妙。人知「山有木兮木有枝，心悦君兮君不知」，猶「沅有芷」二句起典之例，而不知「無邊落木蕭蕭〔一〕下，不盡長江滾滾來」，實以「嫋嫋秋風」二句作藍本也。楚騷開後人無數奇句，豈可輕易讀過！林沅附識。

大司命

周禮大宗伯所祀，疏引星傳云「三台，上台曰司命」，又文昌第四亦曰司命，故有兩司命。

廣開兮天門，上帝所居。伏下「導帝」句。紛吾乘兮玄雲。以雲爲車迎之。風雨將作，雲色必玄。令飄風兮先驅，使涷音東雨兮灑塵叶除旬反。所以清道。涷雨，暴雨也。皆意之所至，非真能行之也。君迴翔兮以下叶户，踰空桑兮從女汝同。空桑，山名。既得所迎，因要而從其後，以覘其所爲。紛總總兮九州，何壽夭兮在予叶與。何，何故也。壽夭即生死。因從司命之後，故代司命稱之曰「予」，猶俗言我們，連人已俱在内也。下倣此。〇已上叙迎大司命之意。

高飛兮安翔，乘清氣兮御陰陽。清氣，即天得一以清，不死之門也。陰陽二氣，所以爲生死之理也。言坐乎不死，以操人物之生死。吾與君兮齊速，導帝之兮九坑岡同。九坑，九州之山脊。根上「九州」句。壽夭之權，雖在司命，實帝主之。既得從司命之後，司命之整齊疾速而導帝，亦猶原與同導者然，非原真能與之同導也。靈衣兮被被，玉佩兮陸離。被被，長貌。導帝時所服者。壹一同陰兮壹陽，衆莫知兮余所爲。九州中或生或死，皆司命所御之陰陽二氣爲之，而人莫之知。是人受氣以後，數已定矣。〇已上叙九州壽夭所以在司命之故。

折疏麻兮瑶華叶扶，將以遺去聲兮離居。以疏麻爲神麻，麻之花白如瑶，服之長壽。離居，謂上不合於君，下不合於俗，與原相類之人。遺之欲使得壽而待再合，此司命有見憐之私意也。老冉冉兮既極，不寖近兮愈疏。但自惟已老，死期將至，今不使即合，勢必至於愈離，安能得壽而待之乎？此原有望再合之私意也。

乘龍兮轔轔，高駝兮冲天叶鐵因反。司命不顧，去歸天門，難以再從矣。結桂枝兮延竚，羌愈思兮愁人。此外更無可望，所以愈思而愁。愁人兮奈何叶奚，願若今兮無虧。愁之亦别無可願，但願至死之日，皆如今日之不損志行。此則其可爲者。固人命兮有當去聲，孰離合兮可爲？命之所在，實統於帝。或離或合，即司命亦不能以私意轉移。此乃不可爲者，思之無益也。〇已上叙迎大司命正旨，而以順受其正結之。

林西仲曰：原以忠見疏，不得復用，老已至矣。人壽幾何，安能留爲有待？此二司命所由作也。細玩篇中「壽夭」二字，是前面眼目；「離合」二字，是後面眼目。層層説來，見得司命承帝命以操陰陽之柄，人自禀氣以生，其壽夭離合，皆有一定不可易者。惟自盡其所能爲，而聽命於所不能爲，此行法俟命、窮且益堅之大本領也。

舊注以原與司命同操陰陽之柄，導帝爲人壽夭。果爾，則原自可造命，何待他求？且認「離居」作隱士，原自遺以神麻，試問隱士何預於原，原亦惡得而遺之耶？殊不知「離居」即離騷篇所謂「離别」之説，以其見疏於君，塊然獨處也。司命見憐，則原亦在内，或可望其再合，但不早圖，恐年老不能待，所以有「愈疏」之慮。而司命竟去不顧，故以離合非可力致結之。文甚明顯，且與上文「壽夭」二字相顧，極其有情。若作隱士，則上下文皆説不去，安得不辯？

少司命

穐秋同蘭兮麋蕪叶撫，弓窮葉名，甚香。羅生兮堂下叶户。羅生，並列而生也。堂，迎神之堂。伏下「滿堂」句。緑葉兮素枝，芳菲菲兮襲予叶與。堂中迎神，不覺有香氣掩至，以草所生者自有美種起興，生下文。夫音扶人兮自有美子，夫人，即考工記「夫人」「能爲鎛」，猶言人人也。蓀荃同何以兮愁苦。言人人所生，自有善者，如芳草之枝葉也。司命何故愁苦其不美，而必以命賦之耶？此慰勞之詞也。○神儵而來矣。

穐蘭兮青菁同青，茂盛貌。緑葉兮紫莖。不言麋蕪，取衆芳之最芳者起興，生下文。滿堂兮美人，迎神者皆善士。忽獨與余兮目成。彼此不言，以目相視而成好。亦知原有爲國爲民之心，愁苦相類，所謂新相知也。○神來而且有相須之意矣。

入不言兮出不辭，入乎堂中，不聞其聲；出乎堂外，不見其形。乘回風兮載雲旗。以風雲爲車旗，任其所往，可以不辭。所謂生別離也。○神忽而逝矣。悲莫悲兮生別離，死別離乃一訣暫痛，生別離則歷久彌思，故尤悲。樂莫樂兮新相知。舊相知乃視爲固然，新相知則喜出望外，故尤樂。二句以當此之悲，又追前此之樂，不忍其去已，是上下文過脉處。荷衣兮蕙帶叶帝，儵而來兮忽而逝。夕宿兮帝郊，欲奉帝命，猶大司命導帝之意。君誰須兮雲之際？

既目成而又他宿，不知其更待何人？疑而不定之詞。○此下尚有「與女遊兮九河，衝風至兮水横波」二句，係河伯語。古本無此，删之。

與女 汝同沐兮咸池 叶陀，日浴處。晞女 汝同髮兮陽之阿。晞，乾也。陽之阿，日所曬之大陵也。根上「夕宿」句。宿而起，必沐首理髮。望孅 美同人兮未徠 來同，臨風怳 音恍兮浩歌。怳，失意貌。浩歌，大聲而歌以紓悲也。○此時方知其非待己矣。

孔蓋兮翠旍 旌同，風爲乘矣，而蓋乃用孔雀尾；雲爲旗矣，而旍乃用翡翠羽。以宿帝郊時有命，故其威儀之肅也。登九天兮撫彗星。撫，持之也。持彗星之柄，掃除讒賊，所以爲國也。慫 音總長劍兮擁幼艾，慫，慫慂也。方言：南楚謂勸曰慫慂。即考工記「勸登馬力」之義。十年曰幼，五十曰艾。勸長劍以防老弱之害，所以爲民也。蓀獨宜兮爲民正 叶征。司命之有益於人甚大，宜其爲民取正，使各安其禀受之厚薄。是愁苦之心，至此亦可轉而爲愉快矣。原雖悲其去己，然所行者，皆原之心，寧有餘憾哉！

林西仲曰：堂所以迎神而設祭也，乃未往迎而神已來，未致祭而神已去。來時甚有關情，去時又徑他適，竟不知其待我耶？棄我耶？疑信相參，悲樂不定，此情也，理也。及再望之，總不一顧，則樂不得不轉而爲悲矣。然第觀其登天之後，撫彗慫劍，有除惡安良大作用，皆我平日鬱于中而不能自達者，亦不負前此目成之意，雖悲亦未始非樂也。

開手以堂下之物起興，步步説來。中間故意作了許多波折，恣意摇曳，但覺神之出入往來飄忽迷離，不可方物。末以贊歎之語作結。與大司命篇另是一樣機軸，極文心之變化，而步伐井然，一絲不亂。

無奈舊注以爲女巫之言，「愁苦」指巫求于神，「目成」指神降於巫，與起興語意，了無交涉。不知少司命與大司命均屬陽神，何以見其必當用女巫，不用男覡也？且句句説到思君上去，全不理論本題正旨，杜撰扭揑，生出無數葛藤，以致上下文血脉不貫。末段又把「幼艾」解作美女，試問擁美女之人，有何善行可以爲民正耶？而王注以爲比賢臣，如離騷「求女」之説。豈知求女以保厥美而改求，其意不在美耶？細讀離騷本文自知。

東君 日也。

暾音吞將出兮東方，暾，日出貌。照吾檻兮扶桑。日在扶桑之下，將出未出，而東方之微明，已照入檽檻。撫余馬兮安驅，夜皎皎兮既明叶芒。夜曉矣。〇叙迎日神。

駕龍輈兮乘雷叶偎，載雲旗兮委蛇。日形。長太息兮將上，心低佪兮顧懷叶灰。日將升時，必盤旋良久，而後忽上。羌聲色兮娱人，日起有聲如雷鼓，有芒如旗槍。根上「駕龍鞆」二句來。觀者憺兮忘歸。見其可娛，故樂觀不舍。〇已上叙日出佳景。

緪 音更瑟兮交鼓，緪，急張絃也。交，對擊也。簫鐘兮瑤簴。簫鐘，與簫聲相應之鐘。瑤簴，以玉飾架也。鳴䶵 篪同兮吹竽，思靈保兮賢姱 叶户。靈保，神巫也。姱，好貌。翾 音暄飛兮翠曾，翾，翥飛也。翠，鳥名。曾，舉也。巫舞之狀似之。展詩兮會舞。展，陳。會，配之也。應律兮合節 叶即，皆中於樂。靈之來兮蔽日。言其多也。〇已上叙見日，作樂召巫以悦神。青雲衣兮白霓裳，日神容飾。舉長矢兮射 音石天狼。天狼，貪殘之星。〇日神作用。操余弧兮反淪降 叶杭，反，還也。矢既射去，尚帶弓而還西墜。余者，日神自稱。有利器不可假人意。援北斗兮酌桂漿。日甫落而北斗先見，即持其柄，酌馨香之酒。有歸而飲至意。撰余轡兮高駝翔，撰，持也。日入而登高，方得追送微光。杳冥冥兮以東行 叶杭。從此後杳無所見，以日又從地下向東行也。〇已上叙送日神作結。

林西仲曰：楚政日非，賢士寥落，兵挫於秦久矣。日者，君象也。帝出乎震，民所共瞻，而以己之聲色娛人，即與民同樂之意。民得同樂，自樂其樂，亦以歌舞娛君，其愛戴何如乎！然後畢集群策，出兵以除貪殘之敵，飲至策動，直易事耳。何嘗是祀日？何嘗不是祀日？睠顧楚國，情見乎詞如此。

開首「撫余馬」，是日將出而迎其神；結尾「撰余轡」，是日將入而送其神；篇中「靈之來」，是日方中而悦其神。按節鋪叙甚明。乃舊注把「余」字俱作日自稱，已覺不成文理，況其錯誤又不止此乎！

河伯

黄河神也。

與女 汝同遊兮九河，河不在楚境内，故但言與遊，不敢越祭。女，指河伯。此乃設一預想之詞。衝風起兮横波。衝風，打頭風也。横，不順也。阻不得迎。乘水車兮荷蓋，駕兩龍兮驂螭 叶磋。以水爲車，用善水之龍螭引車，然後可涉風波，泝流窮源而往迎也。登崑崙兮四望，舍水就陸，尋河源所自出，望河伯之所在。心飛揚兮浩蕩。以其廣大無際故。日將暮兮悵忘歸，望之久而不見，故失志而不知歸國。惟極浦兮寤懷 叶灰。極浦，浦之極遠者。惟望而寤寐思之，又欲舍陸就水也。○已上叙迎河伯而不得其所在。

魚鱗屋兮龍堂 叶同，以水之生物所造。紫貝闕兮朱宫。朱，一作珠。以水之寶物所造。靈何爲乎水中，訝其久居此而不出，非謂其不當在水中也。○得所在矣。乘白黿兮逐文魚 上聲。逐，從也。文魚，魚之有斑采者。此時又欲舍水就陸，車蓋龍螭，皆用不着矣。與汝遊兮河之渚，小洲曰渚。前遊乃預想之，此則實訂之也。流澌紛兮將來下 叶户。流澌，冰消之餘也。水必東歸，河伯亦當東下。阻不得遊。子交手兮東行，古人相別，有相執手之禮。送美人兮南浦。大水有小口別通曰浦。河伯既別，則原當南歸，故送至南浦而止。美人，指河伯。前「忘歸」者，至此不得不歸矣。波滔滔兮來迎，波自南迎，無前此之橫矣。魚隣隣兮媵予叶與。隣隣，衆多貌。媵，送也。魚自東送，不待如前此之逐矣。自歸之後，所見者惟波與魚，舉目淒楚，何以爲情乎？〇已上敘得見河伯而即別，不能遂其遊之樂，悵悵不已。

林西仲曰：越境祭神，有涉諂瀆。同遊則定交之義，如夫子之於衛伯玉、鄭子產、吳季札，雖越境無不可也。初言求之而不遇，繼言遇之而不留。不遇而遠望，何等艱阻，何等羨慕！不留而南歸，何等寂寞，何等悒怏！雖有許多層折，總是不得於人而求合於神，不得於境内而求合於境外。一片苦衷，惓惓不釋，以河爲四瀆之長，必能默鑒也。舊注全不解了，又以爲女巫之言，則涉於越境致祭矣。

「乘水車」二句，即離騷「駕飛龍」、「雜瑤象」之義，明指自己；乃謬作河伯遊戲，若然，是求神而既遇矣，何必又登而望，望而悵，悵而思乎？即「悵忘歸」句，又作崑崙多奇怪珠玉之樹，玩之日暮猶不知歸，但「悵」字不知如何發付？此皆不待辯者也。

河神以水爲居，猶人以平土爲居也。乃云「何爲水中」之語，喻賢人處非其所，然則河神不當居水中，人亦不當居平土耶？

至于「美人」二字，有稱君者，有稱神者，有稱人者，從無以此自稱之理。「送美人南浦」句，確是送神。蓋大水有小口別通曰浦，從北而言，故謂之「南」，即上文所云「極浦」。以河流皆東，其在南者，至此而極也。南浦乃東南兩路之交，神既別原，從大水而東行，原因送神，由小口而南歸，不能越境，故僅止此。乃謬解作神之送原，而以美人爲女巫之自稱，雖病狂喪心之人，亦不敢恣妄至此。

結尾波迎魚媵，謬謂既別而猶眷眷，以歎君恩之薄，把悲凉之景，認作親熱之情，總因謬解「美人」「南浦」四字，遂至一錯到底。讀古者何可不慎！

山鬼

若有人兮山之阿，常居。被薜荔兮帶女蘿。常服。既含睇兮又宜笑，有情。子慕予兮善窈窕。有態。○因慕我而留情作態，欲結我之歡。此山鬼伎倆也。乘赤豹兮從去聲文狸，騎從之美。辛夷車兮結桂旗。車旗之美。被石蘭兮帶杜蘅，衣服之美。折芳馨兮遺去聲所思。自山阿而來，修飾儀容，以禮結納於人。凡爲所思者，皆受遺矣。余處幽篁兮終不見天，不知早暮。路險難兮獨後來叶厘。且山路崎嶇，慢行愆期，獨不及受遺也。表獨立兮山之上，表，昂如插標貌。既不遇山鬼，因而自登山上。雲容容兮而在下。

杳冥冥兮羌晝晦，雲從下起掩日。東風飄飄兮神靈雨。風雨作，皆有神。留靈修兮憺忘歸，靈修，稱神之詞，非稱君也。歲既晏兮孰華予叶與。不遇鬼而遇神，欣然相留，忘歸于幽篁中矣。東風既至，改歲在即，予年愈老，孰肯爲予光榮者？舍神無與共徘徊耳。

采三秀兮於山間，由山上而行山間，採芝以歸。石磊磊兮葛蔓蔓。山間之景。怨公子兮悵忘歸，神既不留，歸途而歷幽境，又思人也。公子，所思者之通稱。舊指公子椒，恐未確。怨者，怨其不肯華予也。君思我兮不得閒。君雖思我，不能使王有暇而召我。此其所以怨之也。

山中人兮芳杜若，山中人，原自謂也。飲石泉兮蔭松柏叶博。杜若取其芳，石泉取其潔，松柏取其貞。君思我兮然疑作。然，不疑也。疑，未然也。君雖思我，我不能同俗，故使是非莫決，又怨不得公子也。

靁填填兮雨冥冥，猨啾啾兮狖音又夜鳴。風颯颯兮木蕭蕭，歸幽篁中苦境。思公子兮徒離憂。既怨不得公子，自分老死於此，思之無益，與山鬼必有後緣矣。凄惋欲絕。

林西仲曰：按山鬼即莊子所云「山有夔」之類，如俗所謂山魈是也。左傳云使人「入山林，不逢不若；魑魅魍魎，莫能逢之」，言其以不見親近爲幸，則不當列入祀典明矣。奈靈均既放，而處於山林幽篁之中，自分不能生還，與人道永隔，而與鬼路漸通，雖欲不親近，有不可得者。故借題發意，以自寫其無聊之況耳。

篇中凡五轉：思鬼不遇一轉，遇神不留二轉，思人而怨之三轉，怨人不得四轉，思人無益五轉，段落甚明。細繹其立言之旨，只篇首數語是思鬼，還他祀鬼本題目，餘以遇神轉入思人，見山林幽篁之中，必不可久處者。迨至人不可思，少不得終其身與鬼爲侶，悲愴極矣！

時解不能分出段落，或謂以山鬼自比，荒唐附會，已屬可笑。而又把「靈修」與「君思我」句俱作懷王，謬誤何太甚也！若懷王肯思原，離騷諸篇豈復作乎？按涉江章言頃襄放己之處「深林杳以冥冥，乃猿狖之所居。山峻高以蔽日，下幽晦以多雨。霰雪紛其無垠，雲霏霏其承宇」，與是篇言「處幽篁」苦境，語語脗合，則知是篇作於頃襄之時，與懷王了無交涉。

且靈脩既指懷王，何以能留之於山上？若能留之，又何以有「孰華予」之嘆？所思之公子，或指在朝有知原如史記所謂「莫敢直諫」者，亦未可知。乃又解作所留之靈脩，世豈有稱其君爲公子之人乎？集注既闢前注之非，而不自知其謬尤甚，真不可解。

國殤

祭戰死者之歌。

操吴戈兮被犀甲，器械堅利。車錯轂兮短兵接叶匝。錯轂，謂轂相雜而車多也。○交戰逼近。旌蔽日兮敵若雲，敵兵尤多。矢交墜兮士争先叶詢。雖未傷人，然亦可畏，士不以是而阻。凌余陣兮躐余行叶杭，凌節躐等，皆不應進而輒進之謂。此争先之實也。左驂殪兮右刃傷。陣行中，其車左驂乘有死者矣，其車右有被刃傷者矣。霾兩輪兮縶四馬 叶母，其餘未盡之車，戰塵雖蒙翳其輪，而四馬維繫未脱，猶可進戰。援玉枹兮擊鳴鼓。兵以鼓進，不以人有死傷而少阻。天時懟兮威靈怒， 惜不得天祐，反加怨怒於我。嚴殺盡兮棄原壄 叶緒。必受殲盡乃已。歸之天時者，言其勇本非人所能敵也。〇已上寫國殤戰死之勇。

出不入兮往不反，平原忽兮路超遠。承「原壄」二字，追言始戰之時，只知有進無退，不覺去國之遠而死於此地。帶長劍兮挾秦弓 叶經，首雖離兮心不懲。既死往視其尸，而裝束如故，頭雖斷而心猶欲進戰，不以敗死爲戒也。〇已上寫國殤戰死之武。

誠既勇兮又以武， 總收上文。終剛强兮不可淩。誰能挫之！身既死兮神以靈，魂魄毅兮爲鬼雄 叶形。死去亦不肯作凡鬼。〇已上寫國殤死後之靈。

林西仲曰：懷王時，秦敗屈匄，復敗唐眜，又殺景缺，大約戰士多死於秦，其中亦未必悉由力鬬。然檀弓謂「死而不弔者三」，「畏」居一焉。莊子曰：「戰而死者，葬不以翣。」皆以無勇爲恥也。故三閭先叙其方戰而勇，既死而武，死後而毅，極力描寫，不但以慰死魂，亦以作士氣、張國威也。前段言「錯轂」，言「左驂」，言「兩輪」「四馬」，想當日猶重車戰耳。

禮魂

祭善終者。

成禮兮會鼓，考終于家，得成其斂殯之禮。而致祭時，會合鼓音以節歌舞也。傳芭葩同兮代舞，持花相傳，而更代以舞。姱女倡唱同兮容與。姱，好也。以女巫歌倡而徘徊。二句皆所以娛魂者。春蘭兮秋鞠菊同，長無絶兮終古。春秋二時薦馨，世世勿替，使魂得長享之也。

林西仲曰：此承上國殤而作。國殤通篇絶不言致祭一字，以其棄原埜，無主斂殯，不能成禮。拜獻歌舞，不足道也。止稱其武勇剛强，忘身爲國，已足慰其靈於地下。禮魂但言致祭娛魂，絶不言生前行實一字，以其生前無行實可稱，故其不同如此。「長無絶兮終古」句，雖指世世長享其祭，亦因楚師屢敗於秦，欲自此以往，不復用兵，使民得送死爲幸。其憂國憂民之意微矣。

天問

曰：問之詞。遂古之初，誰傳道之？遂，往也。有人則有傳道，時無一物，必無説道有個往古者。上下未形，何由考之？有所考據，則有傳道。時天地尚未分，必無所因以推驗。冥昭瞢闇，誰能極之？冥，昏。昭，明也。瞢闇，昏明相雜之貌。極，窮其理也。有所灼見，則有傳道。時不過從空落影，雖欲窮其理而不能。馮翼惟像，何以識之？馮翼，溟涬渾淪之意。惟有無像之像存焉，有所辨認，則有傳道。時纔有影而仍歸空，雖欲辨認而不得。明明闇闇，惟時何爲？冥昭瞢闇，相尋無端。是氣之自動，必有所爲而爲之。陰陽三合，何本何化叶灰？氣有陰有陽，有陰中陽，陽中陰，合之所以能生天生地者，謂之造化。必有托根之處，動變之方。○已上言天地未形之先。從無可問處發問也。

圜則九重，孰營度之？天體圓而重之以九，必有謀而削之使圓，疊之爲九者。惟兹何功？孰初作之？思何用此圓而且九者？始創是形乎？斡烏活反維焉繫？天極焉加叶基？斡所以轉，維所以縛。必有縻緊之處，方可不脱。南極北極，兩頭之軸，必有閣置之處，方可不落。八柱何當？東南何虧？當，撐持也。河圖言：「地下有八柱，互相牽制。」天既受八柱撐持，自應平放，似東南地面不宜獨缺。九天之際，安放安屬？際，盡頭所届也。放，置也。屬，附也。隅隈多有，誰知其數叶速？隅，角。隈，厓也。有隅有限，方可放屬。其數目多寡，人無知者。四句舉天外之形爲問也。天何所沓？十二焉分叶歆？沓，重疊也。天中有地，地中有天，其重疊處，必有縫接。十二辰干支相配，以成度數，其分析處，必有界限。日月安屬？列星安暾？暾，排列也。日月之行，必有緣循而不墜；列星之轉，必有排列而不差。四句又舉天之接地，與日月星之在天，而總問以起下文。出自湯谷，即暘谷，爲日出處。次于蒙汜。即蒙谷，爲日入處。自明及晦，所行幾里？日不粘着於天，必有自爲里數。○四句單問日。夜光何德，死則又育？夜光，月也。生魄曰死，生明曰育。言何所得而能致此？厥利維何，而顧菟兔同在腹？月中微黑一點謂之兔。顧，眷戀之意。言何所利于兔，而藏之於腹乎？○四句單問月。女岐音止無合，夫焉取九子？女岐，神女也。不夫而孕，一乳而生九子，周拱辰以爲「人類之種」是也。陰陽三合，生天生地，「漸漸生出人來」，總是惠氣使然。伯强何處？惠氣安在叶紫？伯强，大厲，疫鬼也。有生必有死，皆氣爲之。伯强所以轉惠氣爲沴氣者，但不能窮其處耳。○四句單問人。何闔而晦？何開而明叶芒？角宿音秀未旦，曜靈安藏？曜靈，日也。人之所以爲生，以藉日光之能見物耳。明晦之異，與當晦無明之故，皆有所以然之理。○已上從天地既形之後，併生人之始以爲問也。

不任汩鴻，師何以尚叶常之？汩，治。鴻，大水也。師，四岳及群臣之衆也。尚，高舉也。鮌不堪任治水，衆竟以應薦。僉曰何憂，何不課而行叶杭之？衆既不以「方命圮族」爲憂，亦當先試其能而後用之。鴟龜曳銜，鮌何聽平聲焉？障堤綿亘，若鴟龜之曳尾相銜者然。此出於同事者之謀，但鮌誤聽耳。順欲成功，帝何刑焉？聽人所欲而求成功，非「方命圮族」之比，而堯獨加罪。永遏在羽山，夫何三年不施叶沙？但拘囚而久不殺，且用其子，疑必有以諒其心矣。

伯禹腹鮌，夫何以變化叶花？禹固出于鮌之懷抱也，乃變障堤而爲疏導。不特禹奇，即舜知而用之亦奇。纂就前緒，遂成考功。考，指鮌也。何續初繼業，而厥謀不同？初終殊效，各行其意。洪泉極深，何以寘填同之？地方九則，何以墳叶賢之？九則，猶九等。墳，高也。應龍何畫？河海何歷叶勒？應龍佐禹，畫地泉流，是物無不効命矣。河海至遠，皆所躬親，是身無不周遍矣。鮌何所營？禹何所成？總上文。康回憑怒，墜地同何故以東南傾？康回，共工名。與顓頊争帝，怒觸不周山，天柱折，地維絶，天傾西北，地缺東南。言鮌禹治水，謀於先而成於後，若無康回一怒，則東南無受水之處矣。地之傾也，爲康回乎？爲禹乎？必有其故。〇已上皆問鯀禹之事。若論作文定體，問天之後，即當問地。因下文所舉山川人物，皆人所不經見者，惟禹跡所及最廣，且鑄而爲鼎，而益復著而爲經，故先插治水一段，庶所聞者可以徵信，非無稽之言。讀者以爲文不次序，誤矣。

九州安錯音措？錯，置也。川谷何洿音户？承上「地方九則，何以墳之」二句，而問其既墳之後，布置之宜也。洿，深也。承上「洪泉極深，何以填之」二句，而問其既填之後，歸注之深也。東流不溢，孰知其故？承上「地何故以東南傾」句，而問其受水之後，且能消歸之理。東西南北，其脩孰多？南北順隳音妥，其衍幾何？脩，長也。隳，狹而長也。衍，餘也。博物志曰：河圖「地南北〔二〕，三億三萬五千五百里」，「東西，二億三萬三千里」。此因上文「東西」兩字，又推及於四方道里，且較其長之數。○就平地言。崑崙縣音鉉圃，其尻音羔安在叶紫？增城九重，其高幾里？崑崙之山三級，上曰增城，次曰縣圃。尻，脊骨盡處也。以其至高，其下必有托根之所。淮南子云：「增城九重，高萬一千里百一十四步二尺六寸。」○就高山言。四方之門，其誰從焉？西北辟闢同啓，何氣通焉？淮南子云：崑崙「有四百四十門，門間四里，里間九純，純丈五尺」，「北門開，以納不周之風。」從者，謂從何門入也。此又就崑崙而分言其門。日安不到？燭龍何照叶灶？羲和之未揚，若華何光？山海經云：西北海之外，有章尾山，其神人面蛇身，「其瞑乃晦，其視乃明」，名曰燭龍。是日不到處以爲照也。羲和，日御也。若木在建木西，其華照下地，是日未出時以爲光也。一晝常暗，一夜常明。同一大地，何光之不均如是？何所冬煖？何所夏寒？淮南子云：「南方有不死之草，北方有不釋之冰。」同一大地，何氣之不均如是？焉有石林？何獸能言？拾遺記：須彌山「第六層，有五色玉樹，蔭翳五百里。」以石色如玉也。物固有以非其質而爲質者。周禮：命貉隷〔三〕掌獸言。禮記云：「猩猩能言」。物固有以非其才而爲才者。焉有龍虯，負熊以遊？山海經云：熊山有穴，恒出神人。疑乘龍虯以遊者，神熊也。物固有非其類而合以爲類者。雄虺九首，儵忽焉在叶紫？儵忽，急疾貌。招魂謂南方之害，「雄虺九首，往來倏忽」是也。物固有形體不倫，踪跡無定者。何所不死？長人何守叶徙？山海經云：不死民在交脛國東。此爲壽之異者。長人，如防風氏、鄋瞞之類。守，謂所生地方也，用國語「防風氏何守」語。此爲體之異者。靡蓱 蓱同九衢，枲華安居？靡，蔓也。枝交錯曰衢。山海經云：浮山有草，其葉如枲。另是一種。蓱無枝，枲無華，此應上「焉有石林」句而窮其理。靈蛇吞象，厥大何如？山海經云：南海内有巴蛇，身長百尋，「食象三歲而出其骨」。此承上「長人何守」句，而以物儗其倫。黑水玄趾，三危安在叶紫？延年不死，壽何所止？山海經云：冥海北有黑河。玄趾疑亦山名。淮南子云：「三危在樂民西。」「黑河之藻，可以千歲；三危之露，可以輕舉。」又三危金臺石室，食氣不死。言此地在何處，可求延年不死之術乎？恐壽畢竟有所止也。此承上「何所不死」句，而辨其真妄。鯪魚何所？鬿 音祈堆焉處？山海經曰：西海中近列姑射山，有「陵魚人面」，人手魚身。北號山有鳥，「狀如雞而白首，鼠足」，「名曰鬿雀」，食人。皆物其形賦性之最異者。羿焉彃日？烏焉解羽？淮南子云：堯時十日並出，草木焦枯。堯命羿仰射，中其九日，日中九烏皆死，墮其羽翼，故留其一日。此人習藝之最異者。〇已上將地形之廣大，及山川人物之奇詭者以爲問也。

禹之力獻功，降省下土方。禹作司空，常力奏其績矣。及下朝治水，省度下土四方之宜，自當不暇他及。焉得彼嵞 塗同山女，而通之于台桑？台桑，地名。必求之而後得，不無以私害公矣。閔妃匹合，厥身是繼。若以匹合繼嗣爲憂，僅留辛壬癸甲四日而即行。胡爲嗜不同味，而快鼂飽叶備？雖與尋常婚禮不同，譬如嗜味者，不三餐而恣意於朝食，謂之不嗜可乎？是禹總不能以忘私自解矣。啓代益作后，卒然離蠥孽同。禹薦益而啓爲君，是代益也。蠥，妖孽不祥也。前此皆拘于禪，而啓卒然獨變而爲繼，是自罹于不祥矣。何啓惟憂，而能拘是達叶疊？豈所憂者惟在達節而不拘乎？恐亦不能自解於違父遂私矣。皆歸射鞫音菊，而無害厥躬。何后益作革，而禹播降叶洪？凡能取中皆曰射。鞫，窮也。作革，創造而除其故也。播降，播殖天所降之嘉種也。若謂啓之所爲，皆歸于中理而窮情，無傷害於躬行，不必論其爲拘爲達。何后益掌火，除山澤舊患，創造於先，使禹得暨稷奏艱食，功莫大焉，不得受禹禪，啓獨不當憂乎？啓棘賓商，九辨九歌叶基。何勤子屠母，而死分竟地叶低？棘，急。賓，列。商，度也。啓纘禹緒，急於陳列商度禹功，以爲九辨、九歌之樂，是克勤之子矣，故曰「勤子」。淮南子云：禹治水時，自化爲熊，以通轘轅之道。塗山女見而慙，遂化爲石。時方孕啓，禹曰：「還我子！」於是石破北方而生子。其石在嵩山，是見屠之母矣，故曰「屠母」。竟地，言遠之極也。屠母死分竟地，勤子豈無終天之痛？亦不當憂乎？〇自「禹之力獻功」至此，皆禹、啓之事。問人倫之間，雖聖賢之君處之，亦不能無缺陷之故。

帝降夷羿，革孽夏民。胡射音石夫河伯，而妻去聲彼雒嬪？太康滅厥德而禽荒，羿因民不忍，距於河，是上帝使革除民患也，何羿之自爲孽尤甚？豈帝亦不擇於始乎？雒嬪，水神宓妃也。傳曰：河伯化爲白龍，遊于水旁。羿見射之，眇其左目。羿又夢與雒神交。皆其自爲孽之實。馮珧音憑遥利决，封豨是射叶時若反。何獻蒸肉之膏，而后帝不若？馮，挾也。弓以蜃者謂之珧。决，射韝也。封豨，大豕也。羿滅夏后相而不務德，恃其善射，以所獵獸祭天，而帝不順其所爲。何至是而帝始知也？浞娶純狐，眩妻爰謀叶謨悲反。何羿之射革，而交吞揆之？羿之臣寒浞，娶于純狐之女，與謀殺羿。羿射能貫革，竟中其眩妻揆度，被交吞不能自脱，豈「后帝不若」使然乎？○十二句問羿、浞亂夏之事。

阻窮西征，巖何越焉？化爲黄熊，巫何活焉？鮌永遏東裔，西征之路阻而窮矣。雖欲越羽山之巖而往，何可得乎？黄熊之化，死爲異類，巫不能招魂再活，使復爲人。其生其死，重有可悲者。咸播秬黍，莆雚萑同是營。何由并投，而鮌疾脩盈？莆、雚，水草也。疾，惡聲也。水平之後，荒地盡爲良田，并投嘉種，鮌可藉以蓋愆矣，而惡聲仍長滿如故。其死後又有可悲者。○鮌開先治水，本無大過，惟以未成功被殛，故夏代郊鮌以爲報。此欲言少康誅澆，祀夏配天，不失舊物，所以插入作引。白蜺嬰茀，胡爲此堂？蜺，雲之有色似龍者。嬰，縈繞也。茀，雲之逶迤似蛇者。王逸注：列仙傳云：崔文子學仙於王子喬，子喬化爲白蜺而嬰茀，持藥與之。文子驚怪，引戈擊蜺，因墮其藥。俯而視之，子喬之尸也。須臾化爲大鳥，飛鳴而去。此堂，指文子之堂言。安得夫良藥，不能固臧？得藥又失，不能自固以善其身。天式縱横，陽離爰死叶徙。縱横天上，此蜺茀之法式。被擊而分，離其縈繞，乃佯死耳。大鳥何鳴，夫焉喪去聲厥體？既而化鳥，何曾死乎？○有道之人，雖死可以復生，猶有德之嗣，雖斷可以復續也。爲少康作引。蓱號平聲起雨，何以興之？蓱，蓱翳，雨師名。號，呼也。天雖遠，似有感通之理。撰體脅協同鹿，何以膺之？撰，具。膺，受也。八足兩頭，合爲神鹿。天雖公，又似有獨厚之私。鼇戴山抃，何以安叶奄之？手拍曰抃。安，帖然不墜也。列仙傳云：巨靈之鼇，背負蓬萊之山而抃舞。於最難致力之事，似有能致力者。釋舟陵行，何以遷之？鼇既舍水而陸行，無以爲置身之地，何能移山於頭而戴之？似致力於最難之事，又有不待資藉而能自奮者。○八句爲少康得天眷，獨力興夏起引。

惟澆在户，澆，浞之子。何求于嫂叶叟？佯有所求而淫之。何少康逐犬，而顛隕厥首？少康因獵而襲殺澆。女歧縫裳，而館同爰止。嫂名女歧，爲澆縫裳，與澆同舍止宿。何顛易厥首，而親以逢殆叶底？少康襲澆時，誤斷歧首，而澆不能走免。豈天所以興夏乎？湯謀易旅，何以厚之？朱晦庵云：「湯」字，「康」之誤，謂少康也。一旅能厚集夏衆，是於難致力者，而謀所以致力。覆舟斟尋，何道取叶此苟反之？夏后相已傾覆于斟尋之國，少康有取澆興夏之道，是自奮可不待資藉。○已上五段皆問夏一代之事。

桀伐蒙山，何所得 徒力反焉？ 除妹喜之外，別無侵掠。妹嬉 喜同何肆，湯何殛焉？ 即妹喜亦未大肆其惡，湯何遽有南巢之放，使失天下？疑於太甚。舜閔在家，于田號泣。父何以鰥 音矜？ 瞽瞍不爲娶。堯不姚告，二女何親？ 堯不拘禮而釐降，是舜得二女而興也。厥萌在初，何所意 叶益焉？ 事有見端，非人意計所及者。璜臺十成，誰所極焉？ 十里爲成。璜臺，即離騷乃望瑶臺，「見有娀之佚女」是也。吕氏春秋云：有娀築臺以飲食其女。即簡狄也。下文故有「簡狄在臺」之句，是帝嚳又得簡狄，亦不計其至何代而興也。登立爲帝，孰道尚之？ 女人爲帝，古所未有，必有言其當崇尚者。女媧有體，孰制匠之？ 女媧牛首蛇身，宣髮玄中。其形體之異，必有賦之者。是女媧又得女體自興也。合三帝而論之，桀豈得一妹喜遂當亡天下乎？舜服厥弟，終然爲害。服，猶服習。不以爲意也。何肆犬豕，而厥身不危敗？ 象焚廩浚井，而得免於罪，誰爲之乎？吴獲迄古，南嶽是止。古，古公亶父也。吴以斷髮文身之國，得至古公之世，遇採藥之人，止于南嶽而不還。孰期去斯，得兩男子？ 斯，指岐周言。泰伯、虞仲兩男子去岐周，而使吴得賢君，實出人之意外，誰爲之乎？再合二事而觀之，敗者有以敗之，興者有以興之，非人所能敗之興之也。爲下文湯伐夏作引。緣鵠飾玉，后帝是饗。治象謂之鵠。禮記云：「君子比德於玉。」因治象而表其德，以薦馨于帝。此夏代諸王，皆克享天心也。何承謀夏桀，終以滅喪 去聲？ 桀本繼諸王而謀國者，何終致亡國？帝乃降觀，下逢伊摯 叶折。帝隳君德，而遇伊尹佐湯。咸有一德，不得不致罰於夏以興商。何條放致罰，而黎服大說？但嗚條之放，事起於創。君有慙德，而民何以信而喜之？黎服，五服之黎民也。簡狄在臺嚳何宜？以爲宜，故娶之。玄鳥致詒女何喜叶嬉？以爲喜，故吞之。豈商之當興，早有定數？桀以妺喜亡天下，所謂不有廢者，其何以興耶？○已上問桀所以當亡之故。

該秉季德，厥父是臧。胡終弊於有扈，牧夫牛羊？朱晦庵云：「該字恐是啓字。」季，少也。弊，戰而疲弊也。啓少能秉德，爲禹所善，當有天下，何有扈不服，終疲其力而戰于甘，以滅其國，廢其後人爲牧監，而後得安其位乎？以變禪爲繼，事起於創，難以服人也。干協時舞，何以懷叶胡威反之？平脅曼音萬膚，何以肥之？獨不思禹當苗民逆命，舞干而懷之，使民樂其生而脅膚肥澤，原不待戰乎？有扈牧豎，云何而逢？擊牀先出，其命何從？王逸注：「啓攻有扈之時，親於其牀上擊而殺之。」言有扈牀上，何以遇啓而喪其命？出而無所從乎？以其力不敵啓耳，未心服也。恒秉季德，焉得夫朴牛叶倪？何往營班祿，不但還來叶釐？及有扈既滅之後，而啓少年所秉之德始終不改，方得素朴之犧以祀。往謀受天之班祿，不但尋常郊祭而還朝已也。蓋定命之難如此。○十六句根上「黎服大說」句。以非常之舉，黎民所懼，啓以變禪爲繼，猶有不服之國，疲於戰攻。況湯變揖讓爲征誅，尤甚於啓，乃得黎服大說，真不可解。昏微遵迹，有狄不寧。何繁鳥萃棘，負子肆情？有狄，簡狄也。詒卵乃昏昧微渺不可知之故。循跡而論，在簡狄亦未必安心以爲啓瑞，然却能啓瑞如此。則凡衆鳥之棲於棘者，或有墮卵，欲得負子，而肆情於吞，又不見有應，何也？根上「玄鳥致貽」句。眩弟並淫，危害厥兄叶虚良反。何變化以作詐，而後嗣逢長？象爲弟而惑亂，無惡不作，加害於舜，罪不容誅。而舜封之，世爲諸侯。何以詐而能長其子孫也？根上「肆爲犬豕」句。○八句言商若當興，則玄鳥又出於偶然。夏若當亡，則傲象尤勝於暴桀。條放致罰，此天道之不可知也。

成湯東巡，有莘爰極。何乞彼小臣，而吉妃是得？東巡，東往也。極，至也。世紀：湯感夢，有人抱鼎俎，對己而笑。寤而求伊摯於有莘之野。有莘之君留而不進，湯乃求婚於有莘，遂嫁女於湯，以摯爲媵。此伊尹出身之奇也。水濱之木，得彼小子。夫何惡去聲之，媵有莘之婦叶求？媵爲賤役。列子曰：「伊尹生乎空桑」。注云：伊尹母居伊水之上，既孕，夢有神告之曰：「水出臼，東走無顧。」明日視臼水出，告其鄰。東去十里，而顧視其邑，盡爲水，身因化爲空桑。有莘氏女子採桑，得嬰兒于空桑之中，故命之曰伊尹，而獻其君，令庖人養之。此伊尹受生之奇也。湯出重泉，夫何辠尤叶摇？不勝心伐帝，夫誰使挑之？太公金匱：「桀怒湯，以諛臣趙梁計，召而囚之均臺，置之重泉。湯乃行賂，桀釋之。」是湯以無罪被囚也。「不勝心伐帝」，言伐桀非湯本心，有挑之者矣，指伊尹説。根上「帝乃降觀，下逢伊摯」二句，言湯之興止在得賢也。○已上問湯所以能取夏之故。

會鼂　朝同争盟，何踐吾期？蒼鳥群飛，孰使萃之？　武王伐紂之時，諸侯不期而會，兵士奮勇争先，必有所以致之者。蒼鳥猶言蒼鷹，指將帥之善戰也。　列擊紂躬，叔旦不嘉。　何親揆發，定周之命以咨嗟？　紂既死，而猶鉞斬旗懸，疑周公未必以爲是。　何周公自己揆度施發，如大誥、多士、多方諸篇，定周之命，皆以咨嗟發之？惟恐其失當，亦未有不嘉之意也。　則當日人情可知矣。　授殷天下，其位安施　叶梭？反成乃亡，其罪伊何？　前此觀政于商而不即伐，是周授殷以天下也。但問據其位者，將安用乎？乃紂無悛心，反人成就之力而致亡，罪將何在？　争遣伐器，何以行　叶杭之？　遣，調發也。伐器，攻伐之械也。無人迫之而争前，申上「會朝争盟」二句。並驅擊翼，何以將之？　六韜云：「翼其兩旁，疾擊其後。」蓋兵法也。不待令之而自奉，申上「蒼鳥群飛」二句。○十六句皆天命所佑者。

昭后成遊，南土爰底。厥利維何，逢彼白雉？　昭王南征，非巡狩，非補助，僅成其爲遊而已。底，止而不復也。窺其意之所利，不過爲遠方有異物，冀得遇越裳氏之白雉也。　穆王巧挴　芒改反，夫　扶同何周流？環理天下，夫何索求？　挴，貪也。穆王巧於貪樂，無遠不到，以轍環而治天下，求無所得，尤不可解。　妖夫曳衒，何號　平聲于市？周幽誰誅，焉得夫褒姒？　曳，拖。衒，賣。誅，責也。檿弧箕服，事見國語。有拖是物而呼于市以求賣，既被執而能亡，且收棄女奔褒，不知是人是鬼，故曰「妖夫」。幽王若不責褒，則褒不納女贖罪，褒姒安得入王宮，使王爲犬戎所殺乎？〇十二句皆天命所罰者。

天命反側，何罰何佑　叶異？齊桓九合，卒然身殺　叶弑。死不得葬，與被殺無異，故曰「身殺」。以齊桓一人之身，而天命罰佑之不同如此，而況周之後世，有昭后、穆、幽乎？總收上文，言外有用管仲則興，用豎刁輩則亡之意。爲下文殷棄三仁，周用太公起引。彼王紂之躬，孰使亂惑？伏下「殷有惑婦」句。何惡輔弼，讒諂是服？車之右驂曰服，言置之左右也。承上「其罪伊何」句而言其實。比干何逆，而抑沉之？不納其諫，是惡輔弼。雷開何順，而賜封　叶歆之？雷開進諛言，紂賜金玉而封之，賞以夏田，是服讒諂。何聖人之一德，卒其異方？梅伯受醢，箕子詳　佯同狂。湯與伊尹，咸有一德，不離左右，而其後或殘其體以爲賜，或囚其身以爲奴，各異其方。亂惑如此，有不爲天命所罰乎？

稷維元子，帝何竺　篤同之？投之冰上，鳥何燠　音郁之？以紂之罪，皆興周之資也。況周自唐虞迄殷，世有其德乎？姜嫄履武，天所以篤厚元子；冰上鳥翼，與玄鳥之詒何異？何馮　憑同弓挾矢，殊能將之？既驚帝切激，何逢長之？竹史云：殷王「嘉季歷之功」，錫之彤弓玈矢，九命爲伯。是季歷以殊才奉賜也。震主者不無逼近相激之危，而又有久長不替之遇，其中必有相之者。伯昌號衰，秉鞭作牧。何令徹彼岐社，命有殷國？周興自文王始，文王號召殷衰之叛國以事紂，司西伯之權以養民，原不爲滅殷計。乃令其化家爲國，非天命所佑而何？遷藏就岐何能依？太王自邠遷其所蓋藏而就岐，此奔走不遑之時也，何能爲民所依？然則周之當興久矣。殷有惑婦何所譏？武王伐殷，以牝雞司晨爲兵名。此一事何以便該亡國？意見下文。受賜茲醢，西伯上告叶古后反。何親就上帝罰，殷之命以不救？紂醢梅伯以賜諸侯，文王受之以祭。本以紂之罪梅伯者聞之上帝，使梅伯就罰而無怨，何反致罰于殷，墜厥命乎？妄殺賢臣，由於惑亂，妲己主之，武王所以爲兵名耶？師望在肆昌何識音志？鼓刀揚聲后何喜叶戲？文王得太公，方能興周。但太公鼓刀於屠肆，污賤無名，何從辨認而喜之？豈別有機緣乎？武發殺殷何所悒？悒，不安也。紂既死而猶殺，必有不能忍處。載尸集戰何所急？尸，木主也。父未葬而稱兵，必有不能待處。伯林雉經，維其何故？感天抑墜地同，夫誰畏懼？伯林，疑地名。申生爲驪姬譖而自縊，當得何罪？豈死後猶能請帝罰夷吾，其精神可以動天塞地，畏懼何人而輕死耶？豈驪姬譖行，不能自保，猶紂之有妲己，梅伯、箕、比萬難自全？此周以呂望操必勝之勢，非有所悒，亦非有所急乎？○已上自「會朝争盟」句至此，皆問周取殷之事。

皇天集命，惟何戒之？受禮天下，又使至代之？天命所集，君所當戒者，以其既受天下尊崇之禮，又使人至而代之，如夏滅於殷，殷滅於周是也。根上「天命反側」句，總收上文以起下文。初湯臣摯，後茲承輔。何卒官湯，尊食宗緒？茲字，指受禮天下者言，蓋謂桀也。湯先臣伊尹，後進於桀，以爲凝承輔弼。其佐湯興商，以天子禮上祀祖宗，下及子孫，必有其故。○此痛楚不能用賢臣。勳闔夢生，少離罹同散亡。何壯武厲，能流厥嚴叶昂？吳闔廬有功，故稱勳闔。其祖壽夢，生父諸樊，有二弟繼立爲君，故少年散亡在外。及壯得直，用孫武、伍員破楚，威嚴之名，流播天下。○此痛楚不能自奮於政治。彭鏗斟雉帝何饗？壽命永多夫何長上聲？雉有文采，古用以祭。斟雉，謂酌酒而薦以雉也。帝饗彭鏗之祭，私與以壽命之多，不知何以爲養而自保乎？○此哀己之老而將死，不能再待歸國。中央共牧后何怒？蠭蛾微命力何固？中土列國，共治其民，爲君者何故相怒而爭？蠭蛾之命最微，猶有自固其窠與穴之力，物不能侵。○此痛楚與秦屢戰而多失地。驚女采薇鹿何祐？北至回水萃何喜？王逸注：「昔有女子采薇，有所驚而走」，北至回水之上，止而得鹿，其家遂昌熾，乃天祐之。但一女子有何關係，而天顧私之以喜乎？○此痛楚祚日衰，己又被放，皆不能邀天祐。兄有噬犬弟何欲？易之以百兩音亮卒無禄。王逸注：兄，謂秦伯也。弟，秦伯弟鍼也。噬犬，齧犬也。百兩，車數也。秦伯有齧犬，弟鍼請之，不予。以百車易之，又不聽，因逐鍼奔晉。以至親骨肉，猶不相顧，而奪其邑，況與國乎？○此痛楚恃秦婚姻，爲秦所欺，誘而留之，以求割地。薄暮雷電歸何憂？厥嚴不奉帝何求？薄暮則時光無多，雷電則長途多阻。但得歸國，即疾行冒險，不以爲慮。臣奉主爲嚴君，有君而不得奉，不知何罪于上帝而被責乎？求，猶責也。○此哀己之不得歸而事君。伏匿穴處爰何云？荆勳作師夫何長？置身荒野，有言亦無處吐。欲立功於國，而用兵者，皆上官、靳尚輩，有何長技？○此痛楚無立功於國之良將。悟過改更，我又何言？ 庶幾君之一悟，俗之一改，我亦可以相忘於無言。吳光爭國，久余是勝 叶商。 闔廬爭國得立之後，勝楚已久。○此痛楚之外患，如吳光者，不乏其人。何環穿自閭社丘陵，爰出子文 叶羊？ 環，周繞也。穿，徑通也。閭社丘陵，鬭伯比淫䢵女之處也。子文爲楚令尹，能張國威，今令尹則子蘭耳，其能爲荆勳作師乎？○此痛楚之執政，如子文者，茫不一得。吾告堵敖以不長。 楚人謂未成君而死者曰堵敖。吾以放逐垂死之人，只當告堵敖，不堪爲在位之君道也。不長，無靈長之祚也。何試上自予，忠名彌彰？ 自予，自以爲是也。不長之説，吾以理揆之如此，何敢嘗試於上而自予，使忠直之名益著乎？○已上皆問楚國之政及當國之人。結上「皇天集命」所當戒之意。

林西仲曰：一部楚辭，最難解者，莫如天問一篇。以其重複倒置，且所引用典實多荒遠無稽。故王逸以爲題壁之詞，文義不序次，而朱晦庵集注闕其疑、闕其謬者十之二三，使後人執卷茫然，讀未竟而中罷，余嘗惜焉。茲細味其立言之意，以三代之興亡作骨，其所以興在賢臣，所以亡在惑婦。惟其有惑婦，所以賢臣被斥，讒諂益張，全爲自己抒胸中不平之恨耳。

篇中點出妺喜、妲己、褒姒，爲鄭袖寫照；點出雷開，爲子蘭、上官、靳尚寫照；點出伊尹、太公、梅伯、箕、比，爲自己寫照。末段轉入楚事，一字一淚，總以天命作線，見得國家興亡，皆本於天。無論賢臣，即惑婦讒諂，未必不由天降。或陰相而默奪之，或見端於千百年之前，而收效於千百年之後。天道不可知，不得不歷舉而問也。

至於引舜、象、王喬、二姚、簡狄、女媧、昭王、穆王、幽王、齊桓、彭鏗、吴光、子文，皆逐段中錯綜襯貼，反擊旁敲。原不分其事蹟之先後，點染呼應，步步曲盡其妙。看來只是一氣到底，序次甚明，未嘗重複，亦未嘗倒置，無疑可闕，亦無謬可闢。世豈有題壁之文，能妥確不易若此者乎？其從天地未形之先説起，以有天地方有人，有人方成得世界，自此後茫茫終古，治亂紛紜，皆非人意計所能及，恐無時問得盡也。寄慨遠矣！讀者但看余小注段落，便無疑義。

【校勘記】

〔一〕蕭蕭，原作「飛飛」，據汲古閣本杜工部集改。

〔二〕地南北，原作「天地南北」，衍「天」字，據博物志删。

〔三〕貉隸，原作「貉貊」，據四部叢刊本周禮秋官改。

〔四〕葉，原作「華」，據四部叢刊本山海經傳改。

楚辭燈卷之三

晉安林雲銘西仲論述　男　沅芷之較

九章總論

王逸謂「屈原放於江南之埜，思君念國，憂心罔極，故復作九章」，似九章皆江南之埜所作也。茲以其文攷之，如惜誦，乃懷王見疏之後，又進言得罪，然亦未放；次則思美人、抽思，乃進言得罪後，懷王置之於外，其稱造都爲「南行」，稱朝臣爲「南人」，置在漢北無疑。若江南之埜，則謂之「東遷」，而以思君爲「西思」，有哀郢篇可證也。

洪興祖謂懷王十六年放原，十八年復召用，不言所放之處。而王逸注哀郢，以爲「懷王不明，信用讒言而放逐」東遷，又似懷王既放，頃襄又放，皆在江南之埜。殊不知哀郢篇有「九年不復」之詞，如果懷王所放，則後此使於齊，與諫釋張儀、會武關者，又是誰耶？

或謂懷王止是疏原，並未嘗放，即洪興祖放而復召之説，未有確徵。余按：史記本傳有「雖放流」之句，報任安書又有「屈原放逐，乃賦離騷」之句，則思美人所謂「路阻居蔽」，抽思所謂「異域卓遠」，其不在國中供職可知，但與江南之埜無涉耳。大約先被讒止是疏，本傳所謂「不復在位」，以不復在左徒之位，未嘗不在朝也。故有使於齊及諫釋張儀二事。及再諫被遷於外，方是放。然不數年而召回，故又有諫入武關一事。其後哀郢篇所云「九年不復」者，痛其在遷所日久，以懷王召己比照，所以甚頃襄之暴耳。

涉江以下六篇，方是頃襄放之江南所作。初放起行，水陸所歷，步步生哀，則涉江也。既至江南，觸目所見，借以自寫，則橘頌也。當高秋搖落景況，寄慨時事，以彭咸爲法，且明赴淵有待之故，則悲回風也。本欲赴淵，先言貞讒不分有害於國，且易辨白，一察之後，死亦無怨，則惜往日也。哀郢則以國勢日趨危亡，不能歸骨於郢爲恨。懷沙則絶命之詞，以不得於當身，而俟之來世爲期。看來九章中，各有意義，雖所作之先後未有開載，但玩本文，瞭如指掌，不待紛紛聚訟。原本錯雜無次，皆由於未嘗細讀本文，所以篇篇訛解。余依同里黄維章先生所訂正者以爲定次，亦非敢於憑臆更易也。

九章

惜誦

惜誦以致愍音敏兮，惜，痛也。即惜往日之惜。不在位而猶進諫，比之矇誦，故曰誦。愍，憂也。言痛己因進諫而遇罰，自致其憂也。發憤以抒情。惟惜故憤，惟憤故抒，皆情之不容已。所非忠而言之兮，所，誓詞也。言指所誦之言。意當年必有一事，原又進諫者。指蒼天以爲正平聲。欲上天代爲理。令五帝以折中兮，五方之帝。戒六神與嚮服叶弼。即六宗。嚮，對也。服，從也。俾山川以備御兮，御，侍也。命咎繇使聽直。聽其曲直。○已上指天爲誓，所謂發憤以抒情者。

竭忠誠以事君兮，反離羣而贅肬叶夷。失位之後，別諸寵臣。在官僚中，如身之有餘肉，不能供用。忘儇許緣反媚以背衆兮，儇，輕捷貌。待明君其知之。以君必知，無藉衆言。言與行其可迹兮，前所言與所行，其事之當否，俱有成迹可據。情與貌其不變。情藏於中，則貌見於外，不可改變以示人。故相去聲臣莫若君兮，相，視也。所以證之不遠。證，驗也。不遠，謂近在目前，最爲易驗。○已上追敘前此失位之後，惟冀君自悟以爲可恃。

吾誼先君而後身兮，羌衆人之所仇也。衆人指寵臣。以其與己相反，必欲加害。伏下「設張辟以娛君」句。專惟君而無他兮，又衆兆之所讎也。衆兆，則盡乎人之詞。讎，報也。以其無與於己，亦以不相關切之情報之。伏下「駭遽離心」、「同極異路」句。壹心而不豫兮，羌不可保也。止用心一處，而不預防仇讎，何以自保？疾親君而無他兮，有招禍之道也。急於得君而背衆，其取禍乃理勢所必然，不足爲怪。○已上根上文「背衆」、「待明君」二句。推言前此所以見疏於君之後，不能再得君之故。

思君其莫我忠兮，忽忘身之賤貧。有可言處，忽記不得失位之後，身在賤貧中，而又進言。蓋思之極，忠之至，故不憚位卑而言高也。事君而不貳兮，迷不知寵之門 叶艮。寵之門，有許多交結作用在。忠何辜以遇罰兮，亦非余之所志 叶之也。以理言，本是意想不到的。行不羣以顛越兮，獨行取害。又衆兆之所咍也。笑其愚。前所讎者，至此冷眼觀之而大快矣。紛逢尤以離 罹同謗兮，謇不可釋也。重重遇罰，於人所難言處，又忍不下。情沉抑而不達兮，又蔽而莫之白 叶弼也。進言之本意，無人肯白之君，使免謗尤。心鬱邑余侘傺兮，又莫察余之中情。君不能自察。○朱子謂「中情」當作「善惡」，叶去聲。固煩言不可結而詒兮，上書而頭緒甚多，有涉於瀆。前所仇者，至此固不可結其心，而求其代致。願陳志而無路。

又難自通。進言時尋不着門，得罪時自然摸不着路。呼應甚靈。退靜默而莫余知兮，進號呼又莫余聞。不言固無伸，即言之亦無益，進退皆不是路。忠而遇罰，安能以何辜免乎？中侘傺之煩惑兮，申，重也。煩惑，疑亂之意。中悶瞀音茂之忳忳。中，中心也。瞀，思亂也。忳忳，憂也。○已上叙此番遇罰來歷，所謂「誦而致愍」者，乃通篇題目之正面也。

昔余夢登天兮，魂中道而無杭。航同，猶言階也。未仕時夢此。吾使厲神占之兮，厲神，殤鬼也。曰有志極而無旁。極有志於事君，惜在旁無輔，不能行其志耳。終危獨以離異兮，若後來當危險獨與君别之時。曰君可思而不可恃。可思者，臣之義；不可恃者，君之心。未仕時占此，且斷而且戒之也。故衆口其鑠金兮，初若是而逢殆叶地。上官大夫争寵，讒之而見疏，初次已驗，逢過一危矣。

懲熱羹而吹韲音齎兮，何不變此志也？前既逢殆一次，此番雖有志之極，亦當懲創而自改，何以忘吹韲之戒乎？欲釋階而登天兮，猶有曩之態叶替也。無伴援而進言，還是前番招怒癡模樣。衆駭遽以離心兮，又何以爲此伴也？平日爲伴侣者，見之亦驚駭遑遽，恐禍相及，靠他不得。同極而異路兮，又何以爲此援于願反也？平日同事一君，而所行不同，見之不肯援引，更靠他不得。○已上根「蔽而莫白」句，以明人情之疎，君所以不察之故。

晉申生之孝子兮，父信讒而不好去聲。行讒可離骨肉。行婞直而不豫兮，鮌功用而不就叶皂。自用不能成功。吾聞作忠以造怨兮，自盡其心，反招君之忿恨。忽謂之過言。輕忽其言，以爲太過。九折臂而成醫兮，吾至今乃知其信然。疊經以忠遇罰，方知招群佞之嫉妬，必至行讒。行人所不能行，難辭自用，宜其造怨。

矰則僧反弋機而在上兮，張射鳥之矢以待發。罻音尉羅張而在下叶户。捕鳥網。設張辟以娛君兮，辟，法也。設而張之，以待其自陷，使君治之有名以爲樂也。願側身而無所。無處藏身。欲儃佪以干傺兮，不進而求住。恐重平聲患而離尤叶夷。住既住不得。欲高飛而遠集兮，棄職避禍。君罔謂女何之。君誣詰我：欲往何國求仕乎？去又去不得。欲横奔而失路兮，蓋堅志而不忍。改行違道，心上又過不去，所以謂之「側身無所」。背膺牉以交痛兮，牉，中分也。一體中分，兩邊俱痛，爲去住兩難之喻。心鬱結而紆軫。憂難自解。

○已上根「煩言不可結而詒」句，以明讒人之毒，君所以必罰之故。

擣木蘭以矯蕙兮，擣，舂。矯，揉也。糳申椒以爲糧。糳，精之也。播江離與滋菊兮，願春日以爲糗芳。當春日青黄不接，亦必以芳爲糗，不食他物。單承上文「横奔失路」、「堅志不忍」二句，以明不易素守之意。恐情質之不信兮，恐中情本質不足見信於人。故重平聲著以自明。重著，言作離騷之後，再著是篇也。應篇首「發憤抒情」句。撟音矯茲媚以私處兮，撟，舉也。媚，所愛之芳也。私處，賤貧獨善。應上「去」、「住」、「横奔」三意。願曾增同思而遠身。增思則無出位之謀，遠身則免讒人之妒，庶幾側身有所乎？○已上提出自己本領，方結得住。

林西仲曰：此屈子失位之後，又因事進言得罪而作也。首出誓詞以自明其心迹，繼追言前此失位，在於犯衆忌、離衆心所致；中説此番遇罰，因思君至情，忘其出位言事之罪；然後以衆心之離、衆忌之謗，痛發二大段。總以事君不貳之忠作線，末以不失素守之意結之，仍是作離騷本旨，故曰「重著」，詞理甚明也。

舊注把「惜誦」二字，解作「貪論」二字；「贅肬」二字，解作忠君如人有贅肬之病；「忘身賤貧」，解作竭忠忘家之意。紛紛傳訛，總因不知來歷，守定王叔師章句，以爲九章皆放於江南之埜所作。若果放也，必有羈置之所，安能任其儃佪干傺、高飛遠集乎？

按史記：懷王聽上官之讒，「怒而疏屈平」。疏者止是不信任耳，未嘗放也。玩是篇「懲羹吹韲」及「折臂成醫」等語，其爲前番既疏猶諫，失左徒之位，此番又諫無疑。即得罪亦但云「遇罰」，不過嚴加譴責，以其所諫不當理耳，亦未嘗放也。劉向新序所云「放之於外」，乃後此之事，且非江南之埜。其放於江南之埜，因令尹子蘭之怒，使上官大夫短之於頃襄，又與進諫無涉。讀騷者，皆不可不知。

思美人

思美人兮，擥攬同涕而竚眙音夷。思之切，故含悲而立望之。媒絶路阻兮，無人代白，被疏處外。言不可結而詒。所欲言者，不可結其心而遺之。蹇蹇之煩冤兮，盡力而蒙多冤。陷滯而不發。陷於罪，滯於罰，而冤不能明。申旦以舒中情兮，逐日自明其情。志沉菀而莫達。菀，積也。以媒絶路阻故。願寄言於浮雲兮，遇豐隆而不將。豐隆，雲師。將，送也。遇而不能得其用。因歸鳥而致辭兮，羌迅高而難當。迅，疾飛也。當，值也。又竟過而不及用，所以言不可結而詒。〇已上叙思君，所以擥涕竚眙之故。

高辛之靈晟盛同兮，靈，福也。帝嚳當福盛之時。遭玄鳥而致詒。遺以卵而生契。古人亦有意外所遇之物可爲媒者。欲變節以從俗兮，媿易初而屈志叶之。但欲得媒，必須從俗；又以變易其舊，不能伸其志爲可耻。獨歷年而離愍兮，被疏懷憂已久。羌馮憑同心猶未化叶圭。止任吾心而行不變。寧隱閔而壽考兮，何變易之可爲？寧抱痛憂而老死於此，亦不可冒媿而變易，況但歷年乎？知前轍之不遂兮，未改此度。未疏之先，明知必行不去，未嘗變易。車既覆而馬顛兮，蹇獨懷此異路。既疏之後，終不忘别行一路。謂之異者，以人人不由而獨由也。伏下「南行思彭咸」句。勒騏驥而更駕兮，造父爲去聲我操之。從俗改轍，似可自遂，而無車覆馬顛之患矣。遷逡次而勿驅兮，遷，遷延。逡，逡巡。次，止也。却不即行。聊假日以須旹。以非其路，故有待。指嶓冢之西隈兮，與纁黃以爲期。嶓冢，山名。日將西入，色纁且黃。知世路之不可由，期置身最高之地，窮日之力而休焉。○已上叙思君欲伸其志，又不能變節求媒而行不當由之路。

開春發歲兮，白日出之悠悠。假日以須者，得其時矣。吾將蕩志而愉樂兮，遵江夏以娛憂。南行兩水之間，又得所懷之異路矣。擥大薄之芳茝兮，薄，叢也。搴長洲之宿莽叶毋。惜吾不及古之人兮，生不及同時。吾誰與玩此芳草？今人必無玩者。解萹音匾薄與雜菜兮，萹，萹蓄也。除去不芳之物。備以爲交佩叶備。以茝、莽爲左右佩。佩繽紛以繚轉兮，遂萎絶而離異。仍未改此度。明知不容於衆，必至零落而棄別。吾且儃佪以娛憂兮，不忍即歸。觀南人之變態叶替。冷眼以觀郢都之人，變節惡狀，如離騷所云蘭之「委美從俗」、椒之「專佞慢慆」是也。竊快在其中心兮，揚厥憑而不竢。但舉平日所依之度，而無待於外。芳與澤其雜糅兮，澤指佩言。羌芳華自中出。紛郁郁其遠烝兮，郁郁，盛貌。烝，芳氣遠聞也。滿内而外揚。所以謂之自中出。情與質信可保兮，止「揚厥憑」。羌居蔽而聞去聲章。名不因境而掩，所以謂之「不竢」。至此則陷滯已發矣，沉菀已達矣。中心之快，莫過於此。○已上叙志之伸，不論窮達，但得保其前度，所得已多。

令薜荔以爲理兮，以爲理，即離騷「蹇脩以爲理」之説，蓋媒之言也。憚舉趾而緣木。畏登高。因芙蓉以爲媒兮，憚褰裳而濡足。畏入下。登高吾不説悦同兮，緣木則行險，心所不喜。入下吾不能叶尼。濡足欲免污，力所不及。欲居之不蔽，少不得要求媒。難辭行險受污之患，安得不憚？固朕形之不服兮，不服，猶俗言不慣。然容與而狐疑。然既到此娛憂一番，又豈可竟無所爲而去？故持兩端而不決。廣遂前畫兮，未改此度也。爲大成就前此所謀乎？憑心未化，必行不去。命則處幽吾將罷兮，願及白日之未暮也。爲安命居蔽而徑撇下乎？又願趂此時光未至纁黄，尚可有爲，所以狐疑。獨煢音瓊煢而南行兮，煢煢，不止貌。媒絶路阻，難得到此，而竟到矣！思彭咸之故也。尚欲死諫，此思美人實着。○已上叙無求媒伎倆，輾轉思惟，舍死諫一着，别無他途可行。

林西仲曰：此屈子思懷王所作。疏放之後，媒絶路阻，言不能達。然欲變節從俗，寧老死於外，亦不可爲。非不知前番取敗，在於前度未改，及有便路，又不即行，以其所愧在彼，而所懷在此也。

南行娛憂，仍持一副孤芳本領，雖不合於今人，而脩名不以處幽而掩，所得不既多乎？若欲求媒，將致失身；媒可無求，而身不可或失。娛憂之後，又覺安命罷去，辜負此行，不如乘時死諫，可盡思君一點血誠。此乃獨懷之異路，非人所能由，亦非勢之所能阻耳。是一篇離騷節文，與江南之埜所作無涉。舊注雖無大訛，但惜其不能分出段落，令讀者費盡探索，使我悢悢。

愚按：篇首豐隆，或曰雲師，或曰雷師，即離騷求虙妃者。集注謂雷威「求無不獲」，雖本於淮南、張衡、郭璞之語，但數子皆漢、晉間人，在屈子之後。離騷言「乘雲」，此篇言「浮雲」，其與雷師無涉明矣。况求女結言，以禮爲貴。若用雷威，是先自處於無禮矣，何怪虙妃之緯繣乎？注屈而悖屈，自非作者本意，不如以屈注屈之當。林沅附識。

抽思

心鬱鬱之憂思兮，憂國憂民，思所以救之，故曰憂思。獨永歎乎增傷。以力不能救，又加憂也。身斥於外，故曰獨。思蹇產之不釋兮，既加憂，而思愈不解。曼遭夜之方長。愁人苦夜長，以其不得寐故。悲秋風之動容兮，何四極之浮浮。四極，四方之極處。浮浮，動之容。言其無處不動也。怒爲逆德，以風引出怒來，即「終風且暴」之旨。舊本「四極」作「回極」，誤。數音所惟蓀之多怒兮，傷余心之懮音憂。懮。懮，懮愁也。○已上提出己之憂，君之怒，爲下文作引。

願遥赴而横奔兮，欲從所居而遠赴郢，不候命而擅行。覽民尤以自鎮音珍。見民之罹罰者多，恐又加罪而自止。結微情以陳詞兮，矯以遺去聲夫美人。矯，舉也。結搆精微之意，列之書中，舉而進之君，蓋上書也。昔君與我成言兮，曰黄昏以爲期。羌中道而回畔兮，回，轉。畔，田中路也。反既有此他志叶之。反以爲罪而疏之。是前番之言已把捉不定矣。憍驕同吾以其美好兮，自以爲行之善而矜我。覽余以其脩姱叶户。自以爲德之精而示我，與我竟有相勝相陵之意，其他志既有如此。與余言而不信兮，當日以余所言與之，皆不以爲然。蓋爲去聲余而造怒。以向有怒余之意，一見而怒便生也。願承間音閑而自察兮，心震悼而不敢。此番不敢，願君自察其非。悲夷猶而冀進兮，心怛傷之憺叶瞻憺。憺憺，動也。又傷不能至郢面陳其事。兹歷情以陳辭兮，此情可謂至切，俱歷歷列之書中矣。蓀詳佯同聾而不聞。止是置之不理，以狂言不足聞，亦不足怒也。固切人之不媚兮，急切之人，不能稱君之美好脩姱以獻媚也。衆果以我爲患叶胡門反。同朝之衆，知君怒如秋風之動四極，果以我之取怒爲慮。其不信者誰敢使之信，不聞者誰敢使之聞乎？○已上自叙所陳不當君心，皆由於君有餘怒未忘，人以代白爲戒。

初吾所陳之耿著兮，未疏之前，吾所言甚明白。豈至今其庸亡忘同。斷無遽忘之理。諸本「豈」字下有「不」字，費解。當從王本。何獨樂斯之謇謇兮，願蓀美之可完叶方。非好勞也，欲全君德耳。望三五以爲像兮，以三王、五帝之至德，爲君之範。指彭咸以爲儀。以彭咸之死諫，爲己之式。夫何極而不至兮，無一善不造其極。故遠聞去聲而難虧。名播無缺。善不由外來兮，美好修姱，要本於己所有。名不可虛作。憍余覽余，不足爲人所稱。孰無施而有報兮，報者，報其施。是不由外來之説。孰不實而有穫？穫者，穫其實。是不可虛作之説。○已上叙欲完君之美，所以不憚勞而必陳詞之意。

少歌曰：樂歌音節之名。與美人之抽思兮，以所思之理，抽而出之，陳詞以與君。并日夜而無正。合晝夜之衆論，無有正其是非者。應上「衆果以我爲患」句。憍吾以其美好兮，敖傲同朕辭而不聽。自以爲是，故忽之，應上「佯聾不聞」句。○已上總申前意。

倡唱同曰：歌之音節，所謂發歌句者。有鳥自南兮，來集漢北。遷之於外，止不使預朝政。不便自言，故以鳥爲喻，亦止曰集。好姱佳麗兮，胖判同獨處此異域。因好修而被疏至此。既惸煢同獨而不羣兮，又無良媒在其側。異域無朋，故都又無代言使歸之人。道卓逴同遠而日忘兮，故都之人，以相隔漸不記憶。願自申而不得。難以自達。望北山而流涕兮，臨流水而太息。悲其久滯。望孟夏之短夜兮，何晦明之若歲？此間時日難度。惟郢路之遼遠兮，魂一夕而九逝。寐便到鄉。曾不知路之曲直兮，南指月與列星。所以謂之遼遠。願徑逝而不得兮，魂識路之營營。形不如神之往來自便，所以能一夕九逝。何靈魂之信直兮，輕信人心之直道尚存。人之心不與吾心同。而不知如吾心之存直道者，絶無其人。理弱而媒不通兮，行不合俗，故理弱於人，其間又無斡旋者。尚不知余之從容。且不知吾心有自得處，安望其他？蹇雖信直往來，亦何益哉？○已上自傷身在漢北，無人代白還郢之苦。

亂曰：長瀨湍流，泝江潭音尋兮。漢水南入於江，故逆流而上遊之。狂顧南行，聊以娛心兮。無聊借以自遣，故謂之狂顧。軫石崴崔同嵬，蹇吾願魚靳反兮。軫，方也。崴嵬，高貌。匪石不轉，乃吾之志。超回志度，行隱進兮。超越回轉，心之所之，不失其度。泝流而行，進而不覺，有類於吾學。此皆足以娛心者。低佪夷猶，宿北姑兮。北姑，地名。留戀不忍去，然總不能出北方。煩寃瞀容，實沛徂兮。負寃不修飾，而容瞀亂，實欲沛然往南。愁歎苦神，靈遙思兮。往南不得，惟有自愁自歎，其苦神之靈遠繫所思而已。路遠處幽，又無行媒叶莫悲反兮。如此則歸路已絶，必至於憂死。道思作頌，舟中且行且思，作此一篇。聊以自救兮。救不得人，止好自救，免死於憂。憂心不遂，斯言誰告叶垢兮。遂，達也。其實我之心所憂者大，不能達之於君，這個話無處告人。收篇首「憂思」、「陳詞」等語。○已上叙無聊之極，借南行以自遣。而一片憂國憂民之心，終不能釋。

林西仲曰：屈子置身漢北，無所考據。劉向新序止云懷王「放之於外」，並未有「漢北」字樣。即史記亦但云「疏」、「絀」、「不復在位」。其作離騷，雖有「放」、「流」等語，亦未有漢北字樣。今讀是篇，明明道出「漢北」，不能南歸一大段，則當年懷王之遷原於遠，疑在此地。比前尤加疏耳，但未嘗羈其身，如頃襄之放於江南也。故在江南時不陳詞，在漢北時陳詞。哀郢篇言「棄逐」，是篇不言棄逐，蓋可知矣。

奈懷王爲人，好尊大，喜奉承，受群臣之媚有素。其所以多怒者，恐己之美好修姱爲人所勝，不能專其爲善，擅其爲名。故前此上官窺見其微，以原自伐行讒，純用激法耳。

篇中先提出己之憂思，全是爲國爲民起見。因屈於君之多怒，難以面陳，遂趂筆帶出「民尤」兩字，則民生不堪之狀，約畧可見。此番竭情上書，出於萬不得已，而君褎如充耳，仍是前番不信故習。左右之人，皆以不媚取怒相戒，不爲一言。非不知未疏之前，言猶在耳，其所以瀆陳不已者，欲君成其所爲善，得其所爲名，上比五帝、三王，即己不幸而爲彭咸，亦不敢惜也。若漢北不得歸，狂顧南行，惓惓之意，猶在末着。此先君後己之衷，千古如見耳。

一篇中層次井然，苦被舊注埋没。總因以九章皆作於江南之埜一語，遂把篇首憂思認作放己而懷愁，陳詞認作冤己而請察，不知將下文「望三五以爲像」及「蓀美可完」、「遠聞難虧」等語置之何地？且以懷王「黄昏爲期」之言移在頃襄身上，張冠李戴，安有是理？

甚至有鳥南來，集於漢北二句，無可附會，乃以爲原生於夔峽、仕於鄢郢之喻。毋論原非夔峽之人，以鄢郢爲漢北，義尤未安。但玩下文痛「郢路之遼遠」，以「望北山」、「宿北姑」爲悲，「南指」而魂逝，「南行」而心娱，若江南之埜所作，則此等字面皆用不着。是漢北之集，或言鳥乎？或自言乎？

按：漢北與上庸接壤，漢水出嶓冢山，在漢中府寧羌縣。上庸即石泉縣，懷王十七年爲秦所取，而漢北猶屬楚。嗣秦會楚黄棘，復與楚上庸。至頃襄九年，楚爲秦敗，割上庸、漢北與秦。故思美人篇亦云「指嶓冢之西隈」，以身在漢北，舉現前漢水所自出，喻置身之高耳。若别舉高山，便無來歷。以此推之，則原之遷此何疑？

若舊注謂原生於夔峽，不過因杜詩最能行篇謂「山有屈原宅」句。不知少陵當日雖在夔州，而屈原宅却在荆州府之歸州。以歸州當春秋時，亦夔子國故地，因舉全夔而總言之，非謂夔州府有屈原宅也。郢都即荆州，生於郢而仕於郢，何謂之南來乎？余不信諸家之注，惟以屈氏自注爲確。

涉江

余幼好此奇服兮，年既老而不衰。以服喻行。黄維章曰：「世無服先王之法服者」，「則法服即爲奇服矣」。帶長鋏之陸離兮，冠去聲切雲之崔嵬。切，雲冠名。○所以爲奇服。被明月兮珮寶璐。明月，珠名。寶璐，美玉也。○奇服之飾。世溷濁而莫余知兮，吾方高馳而不顧。服本明潔，自然與溷濁不合，惟各行其志而已。駕青虬兮驂白螭，吾與重華遊兮瑶之圃。高馳時，自有聖人相知。登崑崙兮食玉英叶央，吾與天地兮比壽，與日月兮齊光。所馳愈高，所得愈大，可以不朽，世本不足顧也。○已上自叙素行之端直。

哀南夷之莫吾知兮，欲濟江湘而東行，故名楚爲南夷。且余將濟乎江湘。點涉江。乘鄂渚而反顧兮，欸音哀秋冬之緒風叶歆。步余馬兮山皐，邸余車兮方林。乘，登。欸，歎。緒，餘。邸，舍也。方林，地名。○未濟時，先徘徊一番。

乘舲音苓船余上沅兮，齊吴榜而擊汰。齊，衆用力也。吴榜，效吴國所爲之船櫂也。汰，水波也。船容與而不進兮，淹回水而凝滯叶帶。回水，回流也。○方濟時，又徘徊一番。

朝發枉陼兮，夕宿辰陽。苟余心之端直兮，雖僻遠其何傷。至此知徘徊無益，奮然前往矣。○既濟後，又計度自慰一番。

入漵徐吕反浦余儃佪兮，迷不知吾所如。此時雖知所遷僻遠，尚未知當在何地也。深林杳以冥冥兮，乃猨狖音袖之所居。山峻高以蔽日兮，下幽晦以多雨。霰音線雪紛其無垠音銀兮，雲霏霏其承宇。入浦之後又入林，入林之後又入山。歷盡許多惡境，方知所如也。○已上叙見放之涉歷。前高馳者，今愈馳愈卑矣；前不顧者，今不得不屢顧矣；前與重華遊者，今與猨狖侶矣；前與天地同壽、日月同光者，今入山林雨雪中，併不知有天地日月矣。字字與前互映。

哀吾生之無樂兮，幽獨處乎山中。前哀南夷，至此不能不自哀矣。吾不能變心以從俗兮，固將愁苦而終窮。不特暫處山中。接輿髡首兮，桑扈贏裸同行。髡首，被髮也。桑扈，子桑户也。裸行，貧無衣也。○賢不必以。忠不必用兮，賢不必以。伍子逢殃兮，比干菹醢叶害。忠不必用。○此二句當在「忠不必用」之上。與前世而皆然兮，吾又何怨乎今之人？余將董道而不豫兮，固將重昏而終身。董，正。豫，疑。昏，煩悶也。雖知必不能容於俗，但守道不可疑，寧終身煩悶，不敢恤也。○已上叙明知見放，皆因己端直所致，奈不能棄道以自全。

亂曰：鸞鳥鳳凰，日以遠兮。燕雀烏鵲，巢堂壇叶善兮。貴賤易位矣。露申辛夷，死林薄兮。辛夷暴而積之，枯爛於草間。腥臊竝御，芳不得薄音博兮。薄，迫近也。香臭易位矣。陰陽易位，時不當平聲兮。易經謂陽爲君子，陰爲小人，而以内外分泰否。今既易位，是不復值泰交之時也。總承上文。懷信侘傺，忽乎吾將行叶杭兮。惟有抱忠信而惆悵去而遠逝，此邦不可與處也。

林西仲曰：屈子初放涉江，氣尚未沮，故開口自負，説得二十分壯。先哀南夷不知用賢，取道時徘徊顧望，猶以端直無傷自慰，似不知後面之窮苦者。迨涉歷許多荒凉地面，忽轉而自哀，方知見疏於君之後，不知改行從俗，宜至於此。再思古人忠賢者，往往未必見用，又以守道不恤窮達爲是，亦無用改悔也，還是「幼好奇服」、「老而不衰」口吻。末以陰陽易位，欲去而遠逝作結，正是不能去、不忍去念頭，爲此無聊之語耳。

按：原之放江南，雖曰「東遷」，却是由東而至南。如郢都爲荆州，而鄂渚爲武昌，則在郢之東矣。哀郢所謂「遵江夏」，即此也。湘江在長沙，乃過岳州洞庭而東行，哀郢所謂「上洞庭而下江」，即此也。從此「上沅」，「發枉陼」，「宿辰陽」，「入溆浦」，皆在辰州，則至南耳，故哀郢又有「淼南渡」句。仲春而放，其曰「欸秋冬之緒風」，以餘寒尚未盡。緒者，餘也。山高蔽日，故又有雪。總是一事，不可以字句爲疑。

橘頌

后皇嘉樹，橘徠服　叶蒲北反兮。徠，古來字。后皇，后土之神。樹由地生，故以地爲主，言橘來服屬而列於嘉樹。受命不遷，生南國　叶域兮。始生之時，受后土之命，不使遷於他方，而定在江南，猶原生而爲楚之同姓也。深固難徙，更壹志兮。深根固蒂，踰淮則爲枳，又專壹其志，以奉后土之命，猶原不往他國求仕，又專壹其志以事楚君也。緑葉素榮，紛其可喜兮。分言其葉，猶原有不可掩之儀則。曾　層同枝剡棘，曾，重疊也。剡，利也。分言其枝，猶原有不可狎之丰稜。圓果摶叶端兮。摶，如以手捏聚也。分言其果，猶原有可以及人之功能。青黄雜糅，文章爛叶闌兮。又就果再分言其皮，未熟者青，已熟者黄，相間而文章燦然可觀，猶原之嫺於辭令。精色内白，類任道叶徒苟反兮。又就果再分言其肉，至精之色，含之於内而純白，非以道自任者不能，猶原之行廉志潔。紛緼音墳氳宜修，姱而不醜兮。紛緼，盛貌。醜，類也。又合全樹而總言之，見其所得皆善，不與他樹爲類也。○已上頌橘之素具。

嗟爾幼志，有以異兮。承上文「姱而不醜」句。言橘之衆美畢備如此，非有所勉而持之，蓋自少立志，便有不同故也。獨立不遷，豈不可喜兮。申上「受命不遷」句。言南方或遇霜雪嚴凍，不能全其生，亦獨立不懼，豈專爲受命而然？必待緑葉素榮，而後可喜乎？深固難徙，廓其無求兮。申上「深固難徙」句。言所以踰淮則爲枳者，以志之大，在各安於所生之土，於南國有不可去之義，無所求於他國也。蘇世獨立，横而不流兮。死而復生曰蘇，流而不直曰横。言經採摘剝折後，復有萌芽，亦必如前之獨立不懼，不肯變節，蕩然隨流爲不嘉之樹，苟圖免害也。閉心自慎，終不過失叶試兮。惟以青黄之皮，包裹精白之心，慎意外之過差。即惜往日篇「慙光景之誠信，身幽隱而備之」意。秉德無私，參天地兮。心既閉而且慎，則所秉者德，可無待於外矣。在同類中，如柚聽其爲柚，橙聽其爲橙，皆無伴援之私。與天無私覆，地無私載，可以相配。願歲并謝，與長友叶以兮。迫歲諸樹並謝，惟此不凋，有歲寒後凋之操，願與長結爲友。淑離不淫，梗其有理兮。即迫歲將青黄精白諸善，暫離目前，不使文章過溢。然枝梗中文理，儘有可觀，不容埋没。所謂可結爲「長友」者，此也。年歲雖少，可師長去聲兮。雖無松栢之壽，而有可師法者存，不但可爲友而已。意見下文。行去聲比伯夷，置以爲像兮。以不遷南國之志揆之，有合於伯夷不食周粟之義。今宗國之危亡可待，置以爲與國存亡之像，以自矢其志。所謂「可師長」者，此也。○已上頌橘之處變，亦不易其所素具。

林西仲曰：一篇小小物贊，説出許多大道理。且以爲有志有德，可友可師，而尊之以頌，可謂備極稱揚，不遺餘力矣。

在原當日，見國事不可爲，而又有宗國無可去之義，故把橘之不能踰淮做個題目，不覺滔滔汩汩，寫過又寫。其上段言其履常本領，下段言其處變節概，皆是自己意中之事。因當世無一相似之人，亦無一相知之人，忽於放廢之所，得一良友明師，乃傷心中之快心，雖欲不備極稱揚，不可得也。看來兩段中，句句是頌橘，句句不是頌橘，但見原與橘，分不得是一是二，彼此互映，有鏡花水月之妙。

吾里黄維章先輩謂「舊注不得其解，乃以爲前半説橘，後半屬原自言，遂令奇語化作腐談。且『梗其有理』、『年少置像』諸句，皆刺謬難通」，駁得最確切不易。

九章皆原自言，惟此是贊物，何以列入編內？蓋八章各有其時，各有其事，不能一起寫盡，且不便一起寫盡，故借橘來從頭到尾，説得如許詳備。所云「可友」，言已往的志節；所云「可師」，言將來的榜樣。是自生至死，行實無乎不盡。文心之狡獪如此。林沅附識。

悲回風

悲回風之搖蕙兮，回風，旋轉之風。秋氣動物，難爲情也。心冤結而内傷。而蒙冤鬱結之人，以世道之當秋亦如此，尤覺傷心。物有微而隕性兮，蕙之爲物甚微，形未枯而性已離。聲有隱而先倡叶昌。風之爲聲頗隱，未飄於後而已倡之於先。由微至大，由隱至彰，則受之者難當，而施之者已甚。先幾之人，此時必退步矣。夫何彭咸之造思兮，造思，猶言設心。暨志介而不忘。暨，與。介，節也。不忘，自始至終，死生以之，猶俗言拏定做也。萬變其情豈可蓋兮，身歷許多撓折，其中情昭著，人所共知，不可掩蓋，則非虚僞可知。孰虚僞之可長。世豈有虚僞之人，而能長保其志節乎？則彭咸乃回風之所不能摇者也。○已上單表彭咸於不可爲之時而獨爲，以明可以爲法之意。

鳥獸鳴以號平聲羣兮，物各求其類。草苴比去聲而不芳。苴，枯草也。非其類，則氣爲之移。魚葺鱗以自别兮，葺，治也。凡流飾外，以自别異。蛟龍隱其文章。豪傑不敢露其才，以時勢不同故。故荼薺不同畝兮，苦菜、甘菜不同味，自不同生。蘭茝幽而獨芳。賢人無所用於世，惟有僻處抱德而已。○已上言楚當日，正值回風揺蕙之時，以起下文。

惟佳人之永都兮，惟，思也。佳人，指彭咸。永都，長保其志介之美也。舊注佳人指君，大謬。更統世以自貺 叶荒。既思之後，又統包一世之事以自予，獨力承當。眇遠志之所及兮，憐浮雲之相羊 倘佯同。然我以眇然之遠志，所及而爲之者，不能實用其力，但如浮雲之遊行天上，難以自主，誠可憐惜。以有非其類者間之也。介眇志之所惑兮，介，因也。竊賦詩之所明 叶芒。因此有感，曾賦詩自明，如離騷所謂「依彭咸之遺則」是也。○已上思彭咸之初諫以爲法。

惟佳人之獨懷兮，思彭咸不得於君，而僅托之造思者。折芳椒以自處。既思之後，惟以善自治。椒性辛，猶云薑桂之性，到老愈辣。會歔欷之嗟嗟兮，歎息聲。獨隱伏而思慮。思所以爲國爲民，總不得行。涕泣交而淒淒兮，思不眠以至曙。終長夜之曼曼兮，掩此哀而不去。掩，抑也。夜間無不思不哀之時。寤從容以周流兮，聊逍遥以自恃。傷太息之愍憐兮，氣於 音烏邑而不可止。寤，曙而起也。日間雖强置不思，亦無不哀之時。糺 音糾思心以爲纕兮，糺，戾也。編愁苦以爲膺。膺，絡膺者也。於是不得已想出一個法，將思與哀攢成一處，庶不亂思，亦不亂哀矣。折若木以蔽光兮，隨飄風之所仍。又想出一個法，將曙亦合爲夜，弄成長夜黑暗世界。庶不知夜盡當曙，曙盡又夜。但隨風之所飄而就之，則回風更不能傷我而搖我矣。存髣髴而不見兮，心踴躍其若湯。國家之事，俱存之依稀不辨中，可以免哀。然思不能終禁，熱腸跳躍如沸湯也。撫珮衽以案 按同志兮，超惘惘而遂行 叶杭。心之所以踴躍者，以遠志猶在也。抑按其志，超然爲無所知之人，周流而行，或可以逍遥自恃乎？伏下「登石巒」、「止高巖」兩段。○已上思彭咸既諫見拒，而己之哀思不能自遣，有相符者。

歲曶 音忽曶其若頹兮，曶曶，急視貌。視此時之國事，已頹敗而不可爲。旹亦冉冉而將至。自己年老，死期將至，力亦不能爲。薠蘅槁而節離兮，節離，草枯則節斷也。芳已歇而不比 去聲。比，合也。同時之正士，皆變節從俗，又無相助而爲之者。憐思心之不可懲兮，是思之總無益，但憐不可懲創而抑之。證此言之不可聊 叶留。便足徵「從彭咸之所居」，其言斷非虚僞，不可苟且以偷生。寧溘死而流亡兮，不忍此心之常愁。思既不懲，又是愁，惟死纔不知愁。此心常愁，更甚於死，如何耐得過？反不如證此言而溘死也。孤子唫而抆淚兮，唫，歎也。在家父母死，則思而哀。放子出而不還 叶昏。放逐之子居外，父母死未得聞，則不思而不哀。孰能思而不隱兮，隱，痛也。世無思而不痛之人，故常愁。昭彭咸之所聞。以此推之，則所聞彭咸之事，即其心亦昭然可以共見矣。○已上自言思君而哀，至死方已，與彭咸同。

登石巒以遠望兮，路眇眇之默默。寂然無聲。入景 影同嚮之無應兮，我入本有影，無應我影者；我入本有響，無應我響者。是世俗無一同我也。聞省想而不可得。我或有所聞，省之不可得其故，想之亦不可得其理，是我又無解於世俗也。二句總言國内無人。愁鬱鬱之無快兮，居戚戚而不可解叶己。居，坐也。心鞿羈而不開兮，氣繚轉而自締。總是不可解之意。登巒遠望，本以掩哀，乃景象荒凉至此，念及君國，徒增哀耳。穆眇眇之無垠兮，莽芒芒之無儀。儀，匹也。又當高秋曠遠清淒之景。聲有隱而相感兮，蕭颾之響，最易撩愁。前止云先倡，茲已刺入人心矣。物有純而不可爲。即至全至粹之物，當之亦不能保。前止云「微而隕性」，茲則有形無不敗矣。不可爲，如言疾不可爲之意。二句總言國内無美政。邈漫漫之不可量平聲兮，縹音漂綿綿之不可紆。縹，帛青白色。紆，曲也。極目無際，自顧無可託身處。愁悄悄之常悲兮，愁多則傷人，故常以愁之多爲悲。翩冥冥之不可娛。翩，往來貌。冥冥，昏暗也。往來登望，自朝至暗，無一可樂。本爲掩哀至此，私念己身，又徒增哀耳。淩大波而流風兮，淩，歷也。流，漂也。申上文「隨飄風之所仍」意。託彭咸之所居。因登石巒而增哀，不得不舍去，歷大波隨風而行。但思大波爲彭咸所居之處，雖一時不能相從，且預以身爲託，又可他往也。申上文「昭彭咸之所聞」意。〇已上言惘惘而行，於國中無可自寄處。

上高巖之峭岸兮，隨風而舍大波，登極高處。處雌蜺之標顛。虹之雌爲蜺。標，杪。顛，頂也。據青冥而攄虹兮，攄，舒也。遂儵忽而捫天。天工似可代矣。吸湛露之浮凉兮，於天之能養物者，吸而存之。漱凝霜之雰叶孚爰反雰。於天之能戕物者，漱而棄之。依風穴以自息兮，風穴，風從地出之處也。既隨風來，因就其源頭而宿，不必問其爲回爲飄矣。忽傾寤以嬋媛。雖無不眠至曙之患，然忽傾側而覺，又有牽戀之事。馮崑崙以澂澄同霧兮，欲開其昏。隱去聲岐山以清江叶紅。岐山，即岷山。欲去其濁。憚涌湍之磕音怪磕兮，磕磕，水石聲。危阻可畏，開其昏無着手處。聽波聲之洶洶。沸騰難聞，去其濁又無着手處。紛容容之無經兮，罔芒芒之無紀。濁未去，則紛然變動，而無履義之經；昏未開，則罔然惑迷，而無周物之紀。代天工者，無可施力。軋洋洋之無從兮，相傾曰軋。馳委移蛇同之焉止。此時水不可行，山又無可住，不得不又隨風去矣。漂飄同翻翻其上下兮，翼遥遥其左右叶以。御風如有翼然，翻覆不定。氾潏音泛聿潏其前後兮，伴張弛之信期叶己。潏潏，水流貌。張弛，指水之潮汐，故曰信期。言俯視大波，出吾前後，吾雖行止無定，而不敢失所守，與潮汐之有信，可爲伴侣。此即「彭咸造思」、「志介不忘」之心也。〇已上言惘惘而行，於天上亦無可着力處。

觀炎氣之相仍兮，窺煙液之所積。以信期論之，秋之先，則火令也。火氣鬱而爲煙，煙所着，又凝而爲液，此相因之理。若不知張弛之政，其始有厝火之虞，其後且有燎原之禍。悲霜雪之俱下兮，聽潮水之相擊。秋之後，則水令也。海水潮汐，一日再至，有相擊之勢。若不知張弛之政，其始有蕩析之災，其後且有陸沉之變。借光景以往來兮，施黄棘之枉策。洪興祖曰：懷王二十五年，入秦與昭王盟于黄棘，後爲秦欺，客死於秦。今頃襄迎婦于秦，是欲復施黄棘之枉策耳。光景往來，難于再偕，燎原陸沉之變，計日可待。求介子之所存兮，猶言所在。見伯夷之放迹。放，逸也。一不食晉禄，一避紂北海。追言懷王施「枉策」時，即當效二子辭禄而隱遯也。心調度而弗去兮，心中因有所冀，欲挽回而不决。刻著志之無適。刻，勵。著，立也。勉立志以守，無他適之義。曰吾怨往昔之所冀兮，必無所冀，而尚欲調度，是爲癡想，豈不可怨？悼來者之悐　愓同悐。後來無辜受許多憂懼，豈不可悼？此二句上加一「曰」字，因合前後己意而總言之，以別上文也。浮江淮而入海兮，從子胥而自適。越絕書曰：子胥死，王使捐於大江，乃發憤馳騰，歸神大海。是君不聽諫而殺之，故當從以適意。望大河之洲渚兮，悲申徒之抗迹。申徒狄不忍見紂亂，擁石投河。是君未殺，而自抗其迹之高，故可悲。驟諫君而不聽兮，任重石之何益？吾之所怨所悼如彼，舍死之外，別無他着。然所以遲至今日者，恐負重石入河如申徒狄，無益於事，失之太驟耳。子胥投江，非出己意。一從一悲，此從容就義之苦衷也。心絓結而不解兮，思蹇産而不釋。以此有待而死，則思心愈不可懲矣。〇已上言頃襄玩日愒歲，不能自強於政治，棄賢任姦，危亡日近。念念以必死自矢，但欲求合於彭咸，不忘其志介而已。

林西仲曰：思美人、抽思兩篇，皆一言彭咸，離騷兩言彭咸，惟此篇三言彭咸，自當以彭咸爲主腦。開手提出「造思」、「志介」二句，則篇中許多「思」字，許多「志」字，俱本於此生出來。若「折芳椒」、「伴張弛」、「調度弗去」等語，皆其介也。以「回風」起，中間點出「隨風」、「流風」、「息風穴」、「漂翻翻」諸句，是風又爲一篇之線矣。

其意以爲彭咸之時，正當世風日壞，獨爲所不爲，死生以之，誠出於至情之不容已，非有所虛僞也。今楚國棄賢進姦，國事已不可問，而吾獨思彭咸之永都；既不得用，又思彭咸之獨懷，其造思與彭咸等也。奈吾思及國事，常至於哀，日夜不能自釋，即周流逍遥，猶不可恃。計惟有先把思心愁苦攢成一條，使終古爲長夜，然後隨風所之，抑其素志，惘惘而行耳。

但志最難抑，明知時不可爲，而志猶未衰。有志則有思，有思則有愁，愁之難忍，尤甚於死，而世又無思而不愁之人。是平日所聞彭咸造思，亦以其志有不忘，於此不昭然可見乎？

及行而登望，景象寥寂，時令悲涼，國事可哀，此身何賴？不得不舍之而去，凌波隨風，與彭咸預結芳鄰，以爲他年自託之地。既而他往，登高撫天，吸露漱霜，頗堪一宿。豈意寤起，俯觀山水昏濁，無力澄清，經紀蕩然，實難託足。又不得不隨風而行，惟與大波潮汐，同守張弛信期，庶幾不忘其介，亦可自表其非虛僞也。

夫張弛乃往復之理，爲天之道，而補救存乎其人。如今日當秋，回風司令矣。秋以前爲夏，火易於焚；秋以後爲冬，水易於溺。救焚拯溺，日日當防禍機，而楚國君臣，惟借易逝之歲時，蹈前車之覆轍，茫不知戒。吾何樂不爲介子之隱、伯夷之避，而以身調度挽回，守無適之義乎？

今計前此既無所冀，後此徒自取災，舍子胥、申徒之外，無可爲侶。但子胥被誅，權不由己；

中徒負石，無益於國。未免失之太驟。吾所以久當死而至今未死者，欲效彭咸不忘其志介故也，思心何能已乎？

篇中層層曲折，步步相生，一絲不亂。無奈舊注强解傳訛，辯之不可勝辯，以致明眼如晦庵，亦訾其顛倒、重複、疎鹵。舊注之惑人如此，安得起九原而問之？

惜往日

惜往日之曾信兮，爲懷王左徒，王甚任之。受命詔以昭時。王令昭明一代之政治。奉先功以照下兮，承先君之餘烈，以照臨臣下。明法度之嫌疑。事有同異可疑者，皆以法度分晰而定之。二句乃昭時之作用。國富强而法立兮，法直則刑罰中而姦盜息。此句乃昭時之效驗。屬貞臣而日娭嬉同。委任最專，君只觀成而自娛。所謂「逸於得人」也。秘密事之載心兮，惟有機密之事，不便宣於朝者，任之於心而自酌。雖過失猶弗治平聲。處分甚寬。○已上叙得懷王之知遇。

心純龐而不泄兮，言己心誠信，不敢以機密國事與同列共知。指造爲憲令，上官大夫欲奪而不與之事。遭讒人而嫉之。以自伐其功讒之。君含怒以待臣兮，即離騷所謂「齋怒」，抽思章所謂「造怒」。蓋以既疏，有成心也。不清澂澄同其然否叶悲。有諫總不分別是非。蔽晦君之聰明兮，虛惑誤又以欺。以無爲有曰虛，以信爲疑曰惑。誤，錯。欺，誑也。既以虛惑之見，誤國事於先，又以不當行之事，誑君而行之於後，無所不用其蔽晦也。弗參驗以考實兮，以吾所言，與彼之誤欺，參互考驗，而貞讒之實自得。乃又不然，以蔽晦者深也。遠遷臣而弗思。既疏之於外，又遷之於遠，不思罰之當否，以含怒者久也。信讒諛之溷濁兮，溷濁，猶言糊塗，與清瀓相反。此輩有何識見，純是虛惑，偏要信他。晠音盛氣志而過之。自矜所行爲得計，以盛氣志而加我，即抽思章所謂「憍吾以其美好」也。過，督過也。「遠遷弗思」蓋以此。○已上叙懷王信讒，放己於外，把富强法立之業，忽然中廢，所以可惜。

何貞臣之無辠兮，本無所犯於頃襄。被讒謗而見尤。爲子蘭、上官所短，又遷之江南。慙光景之誠信兮，身幽隱而備之。自愧質性純麗，露出光輝景象，取忌於人，故身處僻地，猶韜晦以防其害。臨沅湘之玄淵兮，遂自忍而沉流。以身無所容故。卒没身而絶名兮，卒，遽也。遽死而無可死之罪名。惜廱壅同君之不昭。叶周。廱君，被廱之君也。可惜君爲讒諛，受不明之咎。君無度而弗察兮，以無明法度之貞臣，所以無度，益不能察。使芳草爲藪幽。竟把貞臣擯棄山澤。此障蔽之害也。焉舒情而抽信兮，恬死亡而不聊。君既弗察，無所自明其情實，宜安於死，而不苟且以虛生。獨鄣廱而蔽隱兮，但有蔽賢者在。使貞臣而無由。以後再有貞臣，何由爲君所用？不能不爲有國者之慮也。○已上言頃襄之放己，爲人障蔽，不加察而致死亡。將來貞臣，必不能用以保其國。

聞百里之爲虜兮，相秦繆。伊尹烹於庖厨叶稠之反。相湯。呂望屠於朝歌兮，相武王。甯戚歌而飯牛。相齊桓。不逢湯武與桓繆兮，世孰云而知之叶周？惟能察者，方能使貞臣。吳信讒而弗味兮，不玩味子胥言。子胥死而後憂。越滅吳，夫差臨死，言無面目見員。介子忠而立枯兮，禄不及而饑死。文君寤悟同而追求。封介山而爲去聲之禁兮，禁樵採以供祭祀。報大德之優游。不言禄而自甘，是其德。思久故之親身兮，從亡十九年，是其故。因縞素而哭之叶周。貞臣生不能用，至死後方察，亦無及矣。○已上分别人君之能察不能察，貞臣之得用不得用，申明上文「使貞臣而無由」句。

或忠信而死節兮，有理不當死而反死者。或訑音移謾而不疑。有理所當疑而反不疑者。弗省察而按實兮，聽讒人之虛辭。總因不察而妄聽故。芳與澤其雜糅兮，貞臣衆善俱全。孰申旦而别之？誰能日日别其何者爲芳，何者爲澤？少不得墮入讒人圈套。何芳草之蚤殀兮，微霜降而下戒叶鬲。天威示警，無不死之理。所以「忠信而死節」者，此也。諒聰不明而蔽廱兮，諒，照察也。聽不明，出易經噬嗑、夬二卦，猶云聽不審也。使讒諛而日得。日得，無日不自得也。君既蔽廱，自然聽讒人之虛辭。所以「訑謾而不疑」者，此也。自前世之嫉賢兮，前世，指懷王時。謂蕙若其不可佩叶備。若，杜若也。以芳爲臭。妬佳冶之芬芳兮，嫫母姣而自好叶戲。以醜爲美。雖有西施之美容兮，讒妒入以自代叶帝。讒人志在專寵，不顧己材不堪，讒諛日得。自懷王時已然，其來久矣。願陳情以白行去聲兮，自白其貞。得罪過之不意。又加以意外之罰。情冤見之日明兮，所陳之情，與所得之冤，見之如日之明，本無難察。如列宿音秀之錯倉角反置。可以參互而按其實，以有法度在而嫌疑明也。無奈君之「無度」、「弗察」，何耳？〇已上分別貞臣之死節於忠信，讒諛之得志於訑謾，追論懷王聽讒後，法度之廢已久，以致嫉賢日甚，無以自白。申明上文「鄣廱而蔽隱」句。

乘騏驥以馳騁兮，騏驥，王逸作「駑馬」。無轡銜而自載子賜反。必墜於路。乘氾泭音敷以下流兮，氾泭，編竹木渡水者。無舟檝而自備。必覆於水。背法度而心治兮，憑臆爲治。辟譬同與此其無異。必危其國。寧溘死而流亡兮，恐禍殃之有再子賜反。恐不死，難免爲興國之臣僕。不畢辭以赴淵兮，若不作此篇而自沉。惜廱君之不識音志。恐吾君不記吾辭以自戒也。若記吾辭而自戒，必誅讒諛、用貞臣以明法度。吾雖爲介子，君亦不失其爲晉文。不然，則吾爲子胥，君爲吴王，尤可惜耳。此即所以爲死諫也。〇已上言治國必以法度爲本，法度亡而國隨之。應篇首「明法度」句，以結作此篇之意。

林西仲曰：以明法度起頭，以背法度結尾，中間以「無度」兩字，作前後針線。此屈子將赴淵，合懷王、頃襄兩朝，而痛叙被放之非辜，讒諛之得志。全在法度上，決人材之進退，國勢之安危。蓋貞臣用，則法度明；貞臣疏，則法度廢。及既廢之後，愈無以參互考驗，而得貞讒之實。而君之蔽晦日深，雖有貞臣，必不能用，是君爲廱君，國非其國也。

故篇首惜懷王，初寵遇而終遠遷，以垂成之功，墮於一旦。次轉入頃襄，無罪見放，尤出無名，總爲聽讒不察所致。中段以古來人君，能察則貞臣可用，不能察則貞臣不得用，及貞臣所以喪其身，讒諛所以固其寵，皆最易察者而不能察，找説於後，而以治國無法度，必至於亡結之。與哀郢、懷沙諸篇，另是一樣機軸也。史記把楚滅於秦叙入本傳，自是特識。

哀郢

皇天之不純命兮，純，一也。即天命靡常之意。不言君無善政而歸之天，以不便言君也。○伏下「不知夏之爲丘」二句。何百姓之震愆。動則得罪。民離散而相失兮，室家莫顧，景象不堪如此。天實爲之，安得不哀！方仲春而東遷。追思放逐之命，恰當此時。去故鄉而就遠兮，遵江夏以流亡。遵，循也。江、夏，水名。流亡應上「離散」句，是起行之地。出國門而軫懷兮，甲之鼂吾以行叶杭。是起行之日。發郢都而去閭兮，怊荒忽其焉極？怊，悵恨也。楫齊揚以容與兮，哀見君而不再得。君之壅蔽益深，此後料無再見之日，所以可哀。望長楸而太息兮，涕淫淫其若霰。楸，梓也。别國門故物而哀。過夏首而西浮兮，顧龍門而不見。夏首，夏水口也。西浮，舟行之曲處，路有西向者。龍門，楚都南關二門之一也。心嬋媛而傷懷兮，嬋媛，牽引也。眇不知其所蹠。遠視開半睫曰眇。蹠，踐也。順風波而流從兮，焉洋洋而爲客叶喀。焉，如「且焉」之意。凌陽侯之氾濫兮，凌，乘也。陽侯，大波之神也。忽翺翔之焉薄叶逼。一上一下曰翺，直刺不動曰翔。薄，止也。心絓結而不解兮，絓，礙也。思蹇産而不釋。蹇産，詰屈也。將運舟而下浮兮，運，回轉也。上洞庭而下江叶工。去終古之所居兮，終古，自楚受封之初算起。今逍遥而來東。去郢都所居，將到南行矣。伏下「狐死首丘」句。○已上追叙被放。自起行將至南行，水路所經，步步可哀。

羌靈魂之欲歸兮，何須臾而忘返。背夏浦而西思兮，哀故都之日遠。背，違也。夏浦，即夏口之浦。故都在東遷之西，故曰西思。言神欲往而身爲所繫，歸路絶矣。登大墳以遠望兮，水中高者爲墳。聊以舒吾憂心。舒字，根上「不解」、「不釋」二句來。謂曠觀可以散懷，且舒途次之憂心耳，而不知正所以爲哀與悲也。意見下文。哀州土之平樂兮，以輯寧可以養民，而竟使之離散，故望之而哀。悲江介之遺風叶兇。介，間也。以古道可以教民，而竟使之震愆，故望之而悲。當陵陽之焉至兮，陸時雍曰：「陵陽，楚地。卞和封爲陵陽侯，即此。」焉至，言不能至其境也。淼音眇南渡之焉如？南行更何所往乎？言卞和以冤被刖而卒能白，己以冤被逐而卒不能白，是以流亡終矣。曾不知夏之爲丘兮，孰兩東門之可蕪？夏，水口也。丘，荒墟也。兩東門，郢之東關二門也。蕪，穢草也。言己於百姓震愆離散之時被放，南渡去都益遠，國事日非。其在江介者，即有滄海桑田之變，亦不能知；其在州土者，即有荆棘銅駝之患，問誰致之？此哀郢正旨也。心不怡之長久兮，憂與憂其相接。既憂自己，又憂國與民，無有斷時。惟郢路之遼遠兮，惟，思也。江與夏之不可涉。兩水分隔，以羈置不能涉，不識郢都近日景象何如。忽若去上聲不信兮，其始忽以不見信而棄逐，非以吾有實罪。至今九年而不復。應上「長久」二字。慘鬱鬱而不通兮，蹇侘傺而含慼叶觸。此心無以告人，惟住于此而抱憂而已。〇已上叙被放九年中，無日不以憂國憂民爲心。

外承歡之汋音綽約兮，諶荏弱而難持。諶，誠也。小人外飾媚骨以博君寵，心實不可測也。忠湛湛而願進兮，湛湛，深貌。若有深心爲國爲民，而欲進言於君者。妒被音披離而鄣音章之。必犯所忌，疏其身而蔽其才。彼堯舜之抗行兮，瞭杳杳其薄天叶鐵因反。視之高逼于天。衆讒人之嫉妬兮，被以不慈之僞名。謬以不愛朱、均，傳之天下爲不慈。所謂欲加之罪，何患無詞，雖堯舜亦不能免。憎愠惀力兑反之修美兮，洪興祖曰：「愠，心所蘊積也」；「思求曉知謂之惀」。修，長也。是忠湛湛本領，智深勇沉，有近于短，暗君必憎之。好夫人之忼慷同慨。無事則一片約約荏弱，任事則假意氣，假擔當，自飾所長，暗君必好之。衆踥蹀音設牒而曰進兮，美超遠而愈邁。踥蹀，行貌。以君之好惡相背，故小人競進而位日高。其國事不言可知矣。○已上痛敘讒人嫉妬之害，妨賢誤國，使君不能察，致已有生離之慘。

亂曰：曼余目以流觀兮，曼，引也。冀壹反之何時？生歸之望絕。鳥飛返故鄉兮〔一〕，狐死必首丘 叶欺。生不如鳥，死不如狐。信非吾罪而棄逐兮，應上「去不信」句。何日夜而忘之？應上「何須臾而忘返」句。蓋惟非罪，有可以放歸之理，故不能忘。○已上敘死期將至，冀得歸骨作結。

林西仲曰：屈子被放九年，料不能復歸郢都，故有是作。不曰「思郢」而曰「哀郢」者，以頃襄初立，子蘭爲令尹，上官大夫等獻媚固寵，妬賢害國，較之懷王之世尤甚。當初放時，已見百姓之震愆離散，不知此九年中更作何狀？恐天不純命，實有可哀者。若己之思返不得返，猶在第二義也。

其追敘起行日沿路懷憂，及既到後，登墳遠望，而以讒人嫉妬之害，與非罪棄逐之冤，找說於後，總爲「州土之平樂」、「江介之遺風」。世傳基業，將轉爲夏之丘、門之蕪，刻刻放心不下耳。妙在開手方說「百姓」二句，即接以己之東遷，歷敘舟行苦況；中段方說「州土」、「江介」二句，即插入陵陽不至，南渡別無所如。若哀郢，若自哀，殊不可辨。蓋無此番斡旋，必涉於訕謗呪詛，有失「怨誹不亂」之義。舊注不解此意，謬誤甚多，竟成二篇思郢文字，不是哀郢也。凡認不得題目者，斷不許浪讀古人書，豈但一騷已哉！

懷沙

滔滔孟夏兮，草木莽叶母莽。滔滔，水大貌。莽莽，茂盛貌。傷懷永哀兮，汩徂南土。汩，行貌。汨羅在郢之南，故曰南土。言久放傷哀，欲沉于此。乘此水大之時，由遷所而往也。○點出沉水之時地。眴兮杳杳，孔静幽默叶密。舉目荒寂，國事民生可知。鬱結紆軫兮，離慜音閔而長鞠叶給。紆，曲。軫，痛。慜，憂。鞠，窮也。雖有憂國憂民之心，以長處困窮，不能爲力。撫情効志兮，冤屈而自抑。若我冤無可伸，循情覈志，尚可以無媿自遣。○六句言傷懷永哀之實。

刓方以爲圜兮，常度未替。刓，削也。俗雖改方爲圜，而方之舊法未廢。此以匠斲爲比者也。易初本迪兮，君子所鄙。改變始初本來之道，似匠人之常度替矣。立身之君子，必薄之而不爲。章畫志墨兮，前圖未改叶既。章，修明也。畫，所繪之痕。誌，用意也。墨，施繪之具。前人有圖樣在，無可更改。此以繪畫爲比者也。内厚質正兮，大人所晠音盛。在内之質，厚而且正，似前圖可以施工。居上位之大人，必明而用之。晠，明也。巧倕不斲兮，孰察其揆正。揆，度也。承上「匠斲」來。玄文處幽兮，矇瞍謂之不章。持黑文置暗地，昧者不見。離婁微睇兮，瞽以爲無明叶芒。明目者，微有所視即見，而無目者反輕侮之。承上繪畫來。變白以爲黑兮，倒上以爲下叶户。最易知者，亦至變倒，猶不止於不察，以爲不章無明已也。總承繪畫、匠斲，再深一層説。鳳凰在笯音暮兮，雞鶩翔舞。笯，籠也。以貴爲賤，以賤爲貴，且不止於變倒而已。同糅玉石兮，一槩而相量平聲。糅，雜也。槩，平斗斛木也。連貴賤名色亦不存，又不止於易位而已。又别舉二事爲比，遞深一層説。夫唯黨人之鄙固兮，羌不知余之所臧。鄙則不大，固則不通，總屬無識之病。○已上追言己獨守正，而世俗顛倒日甚，所以見放。

任重載盛兮，陷滯而不濟。我放之後，無其才而當大任者，多致悮事。懷瑾握瑜兮，窮不知所示。我有其才而處窮，國中有大事，又不知示我而共議。邑犬羣吠兮，吠所怪也。如吠日、吠雪之類。非俊疑傑兮，固庸態也。非，毁也。與犬吠同。文質疏内兮，衆不知余之異采。疏，通也。文質通於内，始發爲異采。但文爲質掩，衆必不知。材朴委積兮，莫知余之所有叶藹。朴，木皮也。材朴竝存，而所有愈廣。但材爲朴掩，衆又不知。重仁襲義兮，謹厚以爲豐。重華不可遌音誤兮，孰知余之從容？重、襲，皆累積也。豐，盛大也。遌，逢也。仁義非謹厚，恐涉於假，而不能盛大。但仁義爲謹厚掩，惟舜知此中自然之妙，然不可遇矣。悲哉！○已上言見放〔二〕之後，復招誹謗，通國無一知其能，故不復見召。然自度本領，實非世俗所能知，又難專咎黨人也。

古固有不竝兮，豈知其何故。承上重華言。古聖賢多不竝世而生，其理大不可解。湯禹久遠兮，邈而不可慕。重華之後，湯禹亦不可得見。懲違改忿兮，抑心而自强上聲。古人多不竝生，何怪于今？宜懲戒相違之悲，變易平日之恨，强抑此心而自遣矣。○應篇首「自抑」句。離慜而不遷兮，願志之有像。然我所以離憂不解者，願以死忠之志，爲後世像法，使後人恨不及見我，猶我恨不及見重華也。○應篇首「離慜長鞠」句。進路北次兮，日昧昧其將暮。北行向汨羅而止，日將夕矣。舒憂娛哀兮，限之以大故。平日之憂，止於此日而舒；平日之哀，止於此日而娛。蓋命止於此，若有限之以爲死忠之大事，不復寬至明日也。慘甚！○已上言前不見古人，後當以示來者。汨羅自沉，必不可已。

亂曰：浩浩沅湘，分流汨兮。汨羅爲二水分流。修路休蔽，道遠忽兮。所遷又在汨羅之南，長途幽深蔽闇。今進路北次，忽然到此。懷質抱情，獨無匹叶征兮。匹，「正」字之誤。言我之忠心，無有正其是非者。伯樂既没，驥焉程兮。程，量也。世無知己，留此身無益。民生禀命，各有所錯兮。人禀命于天而生，皆已安排死地。定心廣志，余何畏懼兮。廣，寬也。定分何故懼。曾傷爰哀，永歎喟兮。曾以傷哀托之歎喟，以爲詞賦，冀幸君之一悟，俗之一改。世溷濁莫吾知，人心不可謂兮。無奈舉世昏亂，無一知我。而人心與世推移，我雖有詞賦，無可告語。知死不可讓，願勿愛兮。讓，辭避也。言人誰不愛死，到辭避不能時，亦由不得我愛，此理當知。明告君子，吾將以爲類叶賴兮。以此理明告天下後世，有君子知此者，即是我之同類。所謂「願志之有像」者，此也。○已上總申前意，而自述其不怖死之衷。此投水絶命之辭也。

林西仲曰：此靈均絶筆之文，最爲鬱勃，亦最爲哀慘。其大意總自言守正竭忠，而世道顛倒，人不能知，以致招讒被放，把一生經濟學術無處施展，亦無處告語。惟有古聖人堪稱相知，又不相待，則容身於世，尚有何益？計惟有殺身成仁一著，留法則於將來。儻於千百年後，覓得不謀面之知己，便是方以類聚，亦無異於一堂之相親也。

末段亂詞歸之天命，見得當死不怖死，即聖賢所以立命處。篇中曰「常度」，曰「初本迪」，曰「前圖」，曰「内厚質正」，曰「文質疏内」，曰「材朴委積」，曰「仁義謹厚」，曰「懷質抱情」，皆是自己本領；曰「羌不知」，曰「衆不知」，曰「莫知」，曰「孰知」，曰「莫吾知」，皆是自己冤抑。其章法句法，承接照應，無不井然。要知此番之死，實因被放九年不復，讒諛用事，楚國日就危亡。以平日從彭咸之意，爲尸諫之史魚，冀君一悟，以保其國，非怨君，亦非孤憤也。

舊注過于穿鑿，遂棼如亂絲。即開首四句，明明自叙往汨羅起行之時，原以五月五日沉水，則四月起行，適當其候，乃洪興祖認作被放之始，自仲春行至孟夏，纔到江南。不但篇末「進路北次」句茫無來歷，即初放由郢至遷所，亦用不着兩月程途。按涉江篇言至遷所，有「霰雪無垠」句，孟夏豈有雪乎？招魂篇亂詞云「獻歲發春兮，汨吾南征」，末又云「目極千里兮傷春心」，世無中途招魂之理，然則當春之到還所久矣。

或又因亂詞有「沅湘分流」句，遂解「徂南土」作泝沅湘。不知汨羅在長沙府湘陰縣，名曰屈津。沅出蜀郡至長沙，湘出零陵亦至長沙。賈誼投書湘流，托之以弔者，爲其能順流而下也。謂汨羅爲沅湘之分流則可，若謂泝沅湘而上達汨羅則悖矣。且原欲自沉日久，惜往日篇既云「臨沅湘之玄淵，遂自忍而沉流」，漁父篇又云「寧赴湘流，葬於江魚之腹中」矣。若見沅湘，何待泝乎？總之，讀古人書，毋論本文、注疏，一字不容放過，則無不可讀之書矣。

【校勘記】

〔一〕「兮」字原脱，據楚辭補注補。

〔二〕放，原作「效」，據河内堂本楚辭燈改。

楚辭燈卷之四

晉安林雲銘西仲論述　男　沅芷之較

遠遊

悲時俗之迫阨兮，迫，近。阨，隘也。近則不遠，隘則不大，所以日處沉濁中以爲固然。願輕舉而遠遊。因悲而欲捨去，輕身高舉，遊于上下四方，而自得其遠大也。質菲薄而無因兮，焉託乘而上浮。自顧根器，淺薄無緣，何所憑託而附之上昇，以遂所願乎？遭沉濁而汙穢兮，獨鬱結其誰語？被貪婪之人加以尤詬，無處告訴。夜耿耿而不寐兮，魂營營而至曙。營營，往來不定貌。以不能離時俗故。伏下「免衆患而不懼」句。惟天地之無窮兮，思天地自開闢以至毀壞，其爲世數，不可紀極。哀人生之長勤。叶渠云反。可憐人生其中，日日勞苦，以至于死。往者余弗及兮，我未生之先，不及知有天地。來者吾不聞。我既死之後，亦不聞有天地。是人生一世，不過朝露，何苦處迫阨而長勤乎？〇已上言時俗不可與處，人生短景，當放眼看破，以求度世。

步徒倚而遥思兮，怊惝怳而永懷叶灰。因哀長勤而思。意荒忽而流蕩兮，心愁悽而增悲。因思之而不得其門，又悲。神儵忽而不反兮，形枯槁而獨留。思與悲循環不已，則神散而形衰，去道愈遠。内惟省以端操兮，求正氣之所由。惟有自省以正其所持循，求天地正氣之所自出，爲長生之門，如此可無患質之菲薄矣。伏下「餐六氣」、「審一氣」等句。漠虚静以恬愉兮，澹無爲而自得。漠，猶漠然。澹，猶澹然。不妄思則虚静，不妄悲則恬愉。無待着力，而正氣之所由自得。聞赤松之清塵兮，願承風乎遺則。赤松子，神農時雨師，服水玉得仙。貴真人之休德兮，美往世之登仙。具美德而成仙者，古有其人，不但赤松也。與化去而不見兮，聲名著而日延。與天地之化俱逝，人不能見其形，惟有名長存耳。四句起下文。奇傅説之託辰星兮，辰星，房星也。羡韓衆之得一。韓衆，即韓終，齊人也。得一，出老子。奇之、羡之，即上文「貴之」、「美之」之意。形穆穆以寖遠兮，離人羣而遁逸。皆去而不見，不在時俗内而長勤者。〇已上言輕舉，在氣而不在形。歷引古之登仙者，以明其非妄。

因氣變而遂曾層同。舉兮，所以求正氣者，以氣之能變也，氣變則形當自舉。忽神奔而鬼怪。忽如神出鬼没，其變幻不可端倪。時髣髴以遥見兮，精皎皎以往來叶賚。人只在依稀有無中見之而不可近，精依氣盈，明明往來於世間，所謂身外有身，精之極也。形之穆穆寖遠者以此。超氛埃而淑郵兮，昏濁之氣曰氛。境上行曰郵。越時俗而入善境，離人羣者以此。終不反其故都。免衆患而不懼兮，世莫知其所如。時俗不能加害，以莫知我之所往也。遁逸者以此。恐天時之代序兮，耀靈曄音饁而西征。耀靈，日也。曄，閃光貌。歲月易逝。微霜降而下淪兮，悼芳草之先蘦零同。年華易衰。聊仿佯音旁羊而逍遥兮，永歷年而無成。不過游行虛度，久亦不能成功，所以可慮。誰可與玩斯遺芳兮，長鄉向同風而舒情。遺芳，見棄於時之善行也。世無可與玩者，惟有與清風相向，自伸所願之情而已。高陽邈以遠兮，余將焉所程？若夫用世之情，祖宗既遠，無可取法，不得不去故都以期度世。成與不成，非所計也。○已上承上文「求正氣之所由」句，申明所以化去之理，以學之無成爲慮。

重曰：亦歌之音節。春秋忽其不淹兮，奚久留此故居？申前意。軒轅不可攀援兮，吾將從王喬而娱戲叶虛。王喬，周靈王太子，遇浮丘公接之仙去。餐六氣而飲沆瀣兮，六氣，當作陰陽四時正氣。沆瀣，北方夜半氣也。漱正陽而含朝霞叶胡。正陽，南方朝日氣也。保神明之清澄兮，精氣入而麤穢除。既得外氣，可以再求内氣矣。順凱風以從遊兮，凱風，南風也。根上「鄉風」句來。至南巢而壹息。南巢，南方鳳鳥之巢。息，止也。南方生育之鄉，故入手始於此。見王子而宿之兮，根「從王喬」句來。審壹氣之和德。先天一氣，謂之正氣。和德，即上文「休德」也。曰道可受兮，而不可傳。受以心而傳以言，此理在語言之外。其小無内兮，其大無垠叶奄。垠，岸也。性體無不周，命統於性，故先言性。毋滑而魂兮，彼將自然。滑，亂也。魂屬性，所謂神也。彼，指魂言。自然則虛矣。壹氣孔神兮，於中夜存。孔神，甚奇也。人到虛極靜篤，夜半子時，自有一陽生，渾身酥軟，如醉如癡，得之詫爲奇事。虛以待之兮，無爲之先。正是致虛，容不得半點造作。若一念起，即成後天，而氣遂雜不可用。庶類以成兮，此德之門叶綿。身中許多造化，皆從此出。所謂「和德」，此其門也。王子之言止此。

○已上言取外氣，審内氣，皆求正氣下手工夫。

聞至貴而遂徂兮，忽乎吾將行叶杭。聞王子至貴之言，遂往勉習以求内氣，忽思遠遊而行。仍羽人於丹丘兮，仍，因也。羽人，飛仙也。丹丘，晝夜常明之處。留不死之舊鄉。仙靈所宅。朝濯髮於湯音陽谷兮，夕晞余身於九陽。湯谷上有扶木，九日居下枝，一日居上枝。九陽，下枝日也。吸飛泉之微液兮，飛泉，日入之氣也。懷琬琰之華英叶央。懷，食之於懷也。山海經：稷澤多白玉，有玉膏，黃帝是食是餐。亦此類也。玉色頩音丙以脕音晚顏兮，頩，斂容貌。脕，澤也。形不枯槁矣。精醇粹而始壯。皎皎往來，有所資矣質銷鑠以汋音綽約兮，銷鑠，化其渣滓也。汋約，柔貌。質不非薄矣。神要眇以淫放。要眇淫放，微妙無所不之也。所謂形神俱妙者，無儵忽不反之患矣。○已上言内氣既審，將從事遠遊，又取外氣，皆有成效。

嘉南州之炎德兮，麗桂樹之冬榮。南州，故都也。地氣煖和，着於桂樹而冬不凋，故可嘉。芳草不悼其先零矣。山蕭條而無獸兮，野冢寂同漠其無人。但無可與玩斯遺芳者，故山野之寂寞如此，正可舍此以爲上征之處。載營魄而登霞遐同兮，「載營魄抱一，能勿離」句，出老子。上文「毋滑而魂」是煉魂，此是煉魄。魂魄合，然後可以登遐。總是抱一之義。淹浮雲而上征。淹，留也。征，往也。有託乘而上浮矣。○初遊天上一路。

命天閽其開關兮，排閶闔而望予。排，推也。望予，須予來也。召豐隆使先導兮，問太微之所居。太微宫垣十星，在翼、軫北，帝庭也。集重陽入帝宫兮，集，止也。重陽，天氣清陽之所也。天有九重，故曰重陽。天地交會之際曰宸，是爲帝宫。造旬始而觀清都。造，至也。旬始，星見北斗傍，氣如雄雞。清都，帝都也。○上帝之居遊畢。

朝發軔於太儀兮，太儀，天帝之庭，習威儀之處。夕始臨乎於音依微閭。於微閭，幽州之山鎮，指以爲表識。仍在天上，故曰臨。屯余車之萬乘兮，紛容與而並馳。從車之多。駕八龍之蜿蜿兮，車之馭。載雲旗之逶蛇。車上之旗，故曰載。建雄虹之采旄兮，五色雜而炫燿。蜺之雄曰虹。牛尾曰旄，旗之飾。服偃蹇以低昂兮，衡下夾轅兩馬曰服。驂連蜷以驕驁。衡外挽靷兩馬曰驂。騎膠葛以雜亂兮，從馬之多。班曼衍而方行叶杭。從人之多。撰余轡而正策兮，撰，持。策，鞭也。吾將過乎勾芒。木神也。月令：春，「其帝太皡，其神勾芒」。○此由帝居而遊至東方。

歷太皓皞同以右轉兮，前飛廉以啓路。陽杲杲其未光兮，淩天地以徑度。不俟天明而直往，以有風伯飄送之也。風伯爲去聲余先驅兮，氛埃辟而清凉。塵濁之氣掃盡。鳳凰翼其承旂兮，以翼接旗之後而扶輪。遇蓐收乎西皇。金正曰蓐收，其帝少皞，即西皇也。○此由東方而遊至西方。

擎彗星以爲旍旌同兮，彗星，取掃除之義。舉斗柄以爲麾。斗柄，取司權之義。叛音判陸離其上下兮，叛，繚隸分散之貌。遊驚霧之流波叶披。波能衝霧，則水之大者。旹曖曃其曭莽兮，日色無光。召玄武而奔屬音燭。北方七宿，龜蛇也。欲往北遊，尚未能至，且有流波之逝，故召來使之從。與上文言「過」言「遇」不同。後文昌使掌行兮，文昌六星，在北斗魁前。掌行，謂掌領從行者。選署衆神以並轂。署，置也。並轂，輔車之行。路曼曼其脩遠兮，徐弭節而高厲。弭節，緩行也。以衣涉水曰厲。高厲，高舉而過，不待涉也。左雨師使徑待兮，「待」字應作「持」，見離騷。右雷公而爲衛。波上遊，即用雷雨相扶，取其類也。○已上言遠遊自南州上征，至帝宫而東而西，且爲水遊娛樂之地。

欲度世以忘歸兮，意恣睢以担撟音挈矯。恣睢，放縱也。担撟，軒舉也。内欣欣而自美兮，聊媮娱以淫樂叶擾。正當取樂之時。涉青雲以汎濫遊兮，淩空而游。汎濫，無度之意。忽臨睨夫舊鄉。僕夫懷余心悲兮，邊馬顧而不行叶杭。邊馬，兩驂也。思舊故以想像兮，回想平日所見聞者。長太息而掩涕。以憂國憂民之志，樂轉爲悲。氾汎同容與而遐舉兮，聊抑志而自弭。且按素志，以樂自止其悲。指炎神而直馳兮，徑往南行。南方其帝炎帝，其神祝融。吾將往乎南疑。九疑山，楚地也。本欲忘歸，而又不得不歸。即歸，亦不礙其遊之樂。意見下文。〇此由西方而遊至南方。

覽方外之荒忽兮，沛潤瀁而自浮叶皮。自九疑山而又遊流波。潤瀁，大水貌。祝融戒而蹕御兮，即用南方火神戒路。蹕，止行人也。御，侍也。騰告鸞鳥迎虙妃。洛水神。張咸池奏承雲兮，黄帝命大容作咸池之樂，即雲門也。顓頊命飛龍氏作承雲之樂。二女御九韶歌叶基。娥皇、女英奏舜樂。使湘靈鼓瑟兮，湘水神。令海若舞馮夷。若，北海神名。馮夷，河伯也。玄螭蟲象並出進兮，螭，龍屬。象，罔象也。皆水中神物。形蟉虬而逶蛇。並出而舞，其狀屈曲。雌蜺便平聲娟以增撓繞同兮，輕麗而纏繞。鸞鳥軒翥而翔飛。先迎虙妃者，至此亦舉翼，與雌蜺皆自空中助水中舞態。音樂博衍無終極兮，歌鼓合奏之久。焉乃逝以徘徊。欲他遊又不忍即去，以其樂之極也。〇已上言遠游。由南方而他行，得遂其遊流波之樂。

舒并節以馳騖兮，縱總轡而速行，不復弭節。逴絕垠乎寒門叶民。逴，遠也。絕垠，天之邊際也。九陰之地爲寒門。軼迅風於清源兮，從後出前曰軼。清源，水源也。從顓頊乎層冰。北地寒，有層冰。北方其帝顓頊，其神玄冥。仍從己祖，應上「高陽邈以遠」句。○此由南方而遊至北方。歷玄冥以邪徑兮，乘間維以反顧。天有六間，地有四維。窮塞之外，無徑可通，故謂之邪。不得不乘之而回顧。召黔嬴而見之兮，黔嬴，造化神名。爲去聲余先乎平路。反顧之路。經營四方兮，周流六漠。六漠，即六合。上至列缺兮，電隙也，謂之天門。降望大壑。東海無底之谷，名曰歸墟。下峥嶸而無地兮，上寥廓而無天叶鐵因反。此時亦不知有天地之無窮矣。視儵忽而無見兮，聽惝怳而無聞叶陰。此時亦不計往者不及，來者不聞矣。超無爲以至清兮，併無爲之名，亦可不設。併無沉濁之污穢矣。與泰初而爲鄰。列子以太初爲氣之始，是在未有天地之先也。與之爲鄰，則仙道成矣。○已上言遠遊至北方而極，且以上文所遊之樂，總收一段，見得當求度世，以免時俗迫阨之患。

林西仲曰：屈子放廢既久，自傷時俗之迫阨沉濁，日懼衆患，不可與處，所以有遠遊之私願。蓋謂人生短景，長勞至死，無益於世，與草木同朽腐，不如超然輕舉，上下四方，以自遂其娱樂。但輕舉之功，最不易冀，若徒托之遥思增悲，反致形神馳耗。惟向澹漠中求正氣之所由，如古之真人，離人羣而遁逸，不過以氣變而精神從之，則形自輕而化去，留名於世，不可誣也。所慮者，歲月易逝，久而不成。不可不先取外氣以清其内，再審吾身先天一炁以應其外，然後入不死之鄉，服食壯精，則形神俱妙，可以從事遠遊而無難矣。

由是從南州上遊帝宮，以車旗之盛而東行，又以風伯之力而西行。及西行而星宿歸吾掌握，浮游流波中，役使衆神，涉青雲而度世忘歸。雖臨睨舊鄉，不忍他往，歸視南疑。然在流波中，迎致洛神、湘神歌奏鼓瑟，海神、河神舞動蜺鸞，其爲樂較前尤未易罄也。

然後再行北遊，以盡上下四方之極。其實乘雲上征，未必非氣變而層舉；車旗衆神，未必非神奔而鬼怪；太皞、西皇、炎神、顓頊，未必非髣髴以遥見；四方六漠，列缺大壑，未必非皎皎以往來耳。此時外不知有天地，内不知有見聞，無爲至清，與陰陽之始氣爲侣，尚何迫阨沉濁之患乎？

篇中點出南州山野冷況，其爲江南之埜所作無疑，與離騷周流疏觀不同。蓋離騷見帝不得，此則遊盡帝宮；離騷求女不得，此則迎致奏樂；離騷睨故鄉而即歸，此則仍往寒門。以既求正氣，得手之後，可以了生死，往來自在也。其所遊上下四方，獨於南疑流波中，大肆其歌舞之娱，以明後此蜕形汨羅，不以自沉爲悲之意，所謂「與化去而不見」者也。後世丹經，無不引王子喬之言，則知屈子所得者深矣。

唐沈亞之作屈子外傳，所載沉水之後，尚有種種奇蹟，見於漢晉間，而丹經皆以爲水解之仙。雖不敢據爲典實，但忠臣孝子，精誠不滅，理有可信。是篇所引「壹氣孔神」之説，與莊子載廣成子之語脗合。朱晦庵以爲神仙要訣莫過於此。余嘗謂莊、屈同生於楚，且值同時，爲千古文章詞賦之祖，當年若得一堂傾倒，必有許多未經人道者傳之後世。乃又不然，不可謂非千古第一缺陷事也。

卜居

屈原既放，三年不得復見。竭智盡忠，而蔽障於讒。心煩慮亂，不知所從。此卜居之由。

乃往見太卜鄭詹尹，曰：「余有所疑，願因先生決之。」詹尹乃端筴拂龜，曰：「君將何以教之？」

屈原曰：「吾寧悃悃款款，樸以忠乎？盡心于君國。將送往勞來，斯無窮乎？役情于世俗。寧誅鋤草茆，以力耕乎？歸隱于田畝。將遊大人，以成名乎？曳裾于朱門。寧正言不諱，以危身乎？直諫以取禍。將從俗富貴，以媮生乎？違義以苟免。寧超然高舉，以保真乎？出世以全天性。將哫訾慄斯，喔咿嚅唲，以事婦人乎？强顔以奉宫闈。寧廉潔正直，以自清乎？自植己節。將突梯滑稽，如脂如韋，以絜楹乎？曲順人情。寧昂昂若千里之駒乎？不匿其才以自屈。將氾氾若水中之鳧，與波上下，聊以全吾軀乎？不露其能以免忌。寧與騏驥亢軛乎？上比聖賢。將隨駑馬之迹乎？下比愚劣。寧與黃鵠比翼乎？與高士同避羅網。將與鷄鶩争食乎？與小人共受爵禄。此孰吉孰凶，何去何從？」請卜之詞止此。○應篇首「心煩慮亂，不知所從」句。「世溷濁而不清，蟬翼爲重，千鈞爲輕。是非不清。黄鐘毀棄，瓦釜雷鳴。用舍不清。讒人高張，賢士無名。吁嗟默默兮，誰知吾之廉貞！」請卜之後，又發一段感慨，自言所以求卜之由也。○應篇首「竭智盡忠，而蔽障于讒」句。

詹尹乃釋策而謝，曰：「夫尺有所短，寸有所長；引鄙語起下文。物有所不足，智有所不明 叶芒；物，指龜而言。數有所不逮，神有所不通 叶他光反。數，指策而言。用君之心，行君之意，龜策誠不能知此事。」

林西仲曰：「蔽障於讒」四字，是一篇之綱。蓋惟蔽障，所以三年不得復見也。靈均爲國之忠，立身之潔，瀕九死而不悔，豈有此吉凶去從之問？但以竭智盡忠，上不見察于君，下不見諒于俗，無處告語，故劈空撰出問卜公案，以爲借龜策之陳詞，庶幾可質諸鬼神，以自白其廉貞。此無聊之極思也。

中段八箇「寧」字，八箇「將」字，語意低昂，隱隱可見。末發感慨一段，明知其當爲廉貞，不當爲溷濁，無奈舉世顛倒，動得悔尤，難甘默默，只得多此一問。然世亦無許人悖道求合之鬼神，詹尹釋策，所謂卜以決疑，不疑何卜者也。

篇中計八易韻，亦騷之遺音。其「呢訾」、「慄斯」、「喔咿」、「嚅唲」、「突梯」、「絜楹」等語，王注不知其何所據。先輩謂當以意會之，斯得之矣。

漁父辭

屈原既放，遊於江潭，行唫澤畔，吟其所作。顏色憔悴，形容枯槁。漁父見而問之，曰：「子非三閭大夫與？三閭之職，掌王族三姓，曰昭、屈、景。序其譜屬，率其賢良，以厲國士。何故至於斯？」以其顏色形容，疑而怪之也。

屈原曰：「舉世皆濁我獨清，衆人皆醉我獨醒平聲，是以見放。」濁，指溺利欲言。醉，指無知識言。漁父曰：「聖人不凝滯于物，而能與世推移。凝滯，窒礙也。與世推移，屈伸變化，與時偕行也。世人皆濁，何不淈汩同其泥而揚其波叶彼？淈，没也。泥在水底，波在水面，言浮沉于濁中，仍不自失其爲清。衆人皆醉，何不餔其糟而歠其釃？糟，酒滓。釃，薄酒。言飲食於醉中，仍不自失其爲醒。何故深思高舉，自令放爲？」深思爲獨醒，高舉爲獨清。欲自别異，是自取其放耳。

屈原曰：「吾聞之，新沐者必彈冠，新浴者必振衣。安能以身之察察，受物之汶叶莫悲反汶者乎？沐浴之後，則身潔浄，不可再受衣冠中之垢汙，故必彈而振之也。下二句解上二句，坊本有注作正意，則與下文重複矣。寧赴湘流，葬於江魚之腹中，世俗之塵埃所不到處。又安能以皓皓之白，而蒙世俗之塵埃叶衣乎？」言所以致此皓皓之德者，幾經濯磨，亦猶沐浴方新，不能再蒙塵埃，以喪其清醒之體，生死不足計也。漁父莞爾而笑，鼓枻而去，歌曰：「滄浪之水清兮，可以濯吾纓；滄浪之水濁叶族兮，可以濯吾足。」四句指點出不凝滯而能推移本領。遂去，不復與言。各成其是。

林西仲曰：史記載靈均此辭之後，即作懷沙之賦，自投汨羅。篇中有「葬于江魚腹中」之語，意已決矣，故借漁父問答，發明己意。

「濁」、「醉」二字，畫出當日仕楚群臣真面目。在原非不知和光同塵可以免于罪，但自惟得此清醒之體，費却許多洗濯工夫，原非易事。若入于濁醉之中，何異新沐浴者復受衣冠垢汙，與未沐浴同矣。是漁父以不入耳之談，來相勸勉也。

及自言其志，而漁父亦以爲不然，長歌而去。此時舉世總無一可語之人，雖欲不自沉，不可得矣。此通篇之大旨也，坊本注多謬誤，無一可取。

招魂

朕幼清以廉潔兮，自少具是性。身服義而未沫音昧。服，行。沫，微晦也。主此盛德兮，總上二句。牽於俗而蕪穢。爲俗之污濁所牽掣，總不能奪吾所主。上無所考此盛德兮，蔽於俗故。長離殃而愁苦。受禍不止一次。愁苦日久，魂魄所以離散。○此自叙招魂之由。開口道出「朕」字，亂詞又道出「吾」字，明明自招，硬坐宋玉代原自稱，不知何説。

帝告巫陽曰：陽，巫之名。設爲帝言。「有人在下，我欲輔之。以其盛德故，欲助之以行其志。魂魄離散，汝筮予與同之。」占其所在，使返於其身。○上無所考，而帝早已考之矣。

巫陽對曰：設爲巫言。「掌㝱夣同上帝，人生魂交則有夣，死則魂散而升。皆帝司之，故曰掌夣。其命難從。若必筮予與同之，恐後之謝，不能復用巫陽焉。」後，遲。謝，徂也。若必待筮，恐遲至徂謝，不能再用巫陽而招，所以難從帝命。按此，益知爲未死之招矣。○上無所考，而巫陽又早已考之矣。

乃下招曰：不待筮其所在，而遍招之四方。魂兮歸來！去君之恒幹，何爲乎四方些蘇賀反？恒幹，常體也。些，楚人語詞。舍君之樂處，而離罹同彼不祥些。「樂」字應上「愁苦」。蓋愁苦則魂散，樂則魂聚，故下文以種種樂招之。離，猶罹也。不祥，以四方多賊姦也。○總招五句。

魂兮歸來！東方不可以託些。長人千仞，惟魂是索些。其人可畏。十日代出，流金鑠石些。扶桑之木，十日並在其上。彼皆習之，魂往必釋些。習，慣習。釋，解散也。其熱氣可畏。歸來歸來，不可以託些。此言東方之不祥。

魂兮歸來！南方不可以止些。雕題黑齒，得人肉以祀，以其骨爲醢叶喜些。其人可畏。蝮音福蛇蓁蓁，大蛇積聚。封狐千里些。大狐健走求食。雄虺九首，往來儵忽，吞人以益其心些。其物可畏。歸來歸來，不可以久淫些。淫，淹也。○此言南方之不祥。

魂兮歸來！西方之害，流沙千里些。旋去聲入雷淵，爢散而不可止些。爢，碎也。欲涉流沙，旋轉而入於雷室。身雖碎散，不得休息。幸幸同而得脱，其外曠宇些。其地可畏。赤螘若象，玄蠭若壺些。壺，乾瓠也。大之至，能肆其蠚螫。五穀不生，藂叢同菅是食些。其土爛人，求水無所得些。菅，茅也。淖泥濕爛，不堪挹注，無可爲飲食。彷徉無所倚，廣大無所極些。無可居止。歸來歸來，恐自遺賊些。賊〔一〕，害也。○此言西方之不祥。

魂兮歸來！北方不可以止些。增 層同冰峨峨，飛雪千里些。其寒氣可畏。歸來歸來，不可以久 叶已些。此言北方之不祥。

魂兮歸來！君無上天些。虎豹九關，啄害下人 叶焉些。天門九重，虎豹守之，自上下齧，如鳥啄也。閽禁之嚴可畏。一夫九首，拔木九千些。自朝至暮，拔大木九千條也。司閽之强可畏。犲 豺同狼從目，從，竪也。往來侁侁些。衆貌。懸人以娭 嬉同，投之深淵 叶烟些。致命於帝，然後得瞑 叶眠些。必聞之帝而止之，然後可以安眠。帝命又不易得，外衛之害可畏。歸來歸來，往恐危身 叶先些。此言天上之不祥。

魂兮歸來！君無下此幽 叶一奚反都些。土伯九約，約，屈也。后土之侯伯，其身九屈。其角觺 音宜觺些。利貌。敦脄 音梅血拇 音畝，逐人駓 音丕駓些。敦，厚。脄，背也。拇，大足指也。駓駓，走貌。參目虎首，其身若牛 叶疑些。三隻眼，身又肥大。此皆甘人。俱以人肉爲美者。幽冥之神可畏。歸來歸來，恐自遺災 子私反些。此言地下之不祥。

魂兮歸來！入脩門 叶綿些。脩門，郢城門也。此最快心處。工祝招君，背行先些。男巫曰祝。工，巧也。背行而面向魂，爲引導也。秦篝齊縷，鄭綿絡 叶路些。陸時雍曰：篝，落也。縷，綫也。綿絡，纏縛之具也。魂行乘空，故設篝縷爲綫，綿絡爲笮，若世之所爲浮度是也。招具該備，永嘯呼 叶富些。嘯呼，即古人北面而號，曰皐也。魂兮歸來，反故居 叶具些。

故居，郢城中之祖居也。招魂之禮，至此已畢，下文俱就祖居中而分言其樂。

天地四方，多賊姦些。總收上六段。像設君室，靜閒安些。楚俗，人死則設像以祀。又收「入脩門」一段。高堂邃宇，檻層軒些。邃，深也。屋四垂爲宇。檻，楯也。軒，樓板也。層臺累榭，臨高山些。無木曰臺，施木曰榭。以層累故，高出山上而下臨也。網户朱綴，刻方連些。網户，如罘罳，對户設之，望外則明，視内則暗。方連，刻爲方目，延迤連屬以爲網也。朱綴，以朱塗其交綴之處也。冬有突厦，夏室寒些。突，深也。川谷徑復，流潺湲些。激導川谷之水，徑過回復其中，清淺而流急也。光風轉蕙，氾崇蘭些。日光中之風，摇蕙及蘭。氾，輕度之意。崇，高也。經堂入奥，朱塵筵些。朱塵，塗朱之承塵。筵，竹席也。皆光風所經入者。〇此言故居堂室之可樂。

砥室翠翹，挂曲瓊叶渠陽反些。以砥石爲室，取其平也。翠，青羽雀。翹，鳥尾長毛也。曲瓊，玉鈎也。翡翠珠被，爛齊光些。翡，赤羽雀。珠被，以珠飾衾也。蒻阿拂壁，羅幬音儔張些。蒻，蒲初生，中心白，可爲席也。阿，曲隅也。以蒻席之曲隅，開披於壁，不使受塵也。幬，襌帳也。纂組綺縞，結琦璜些。纂組，綬類。綺，文繒。縞，細繒也。言幬帳皆用綺縞，又以纂組結束，玉璜爲飾也。室中之觀，多珍怪些。珍，金玉。怪，詭異也。〇此分言室中鋪設之精美。

蘭膏明燭，華容備叶拜些。華容，美姝之容。二八侍宿，射音亦遞代些。二八，二列也。侍夜以二八爲數，意有厭射，即使遞更，所以進新趣而易故觀也。九侯淑女，多迅衆叶宗些。九侯，假言商九侯之女也。迅衆，奔走便捷，過于衆也。盛鬋音剪不同制，實滿宫些。鬋，鬢也。制，法也。容態好比，順彌代叶地些。好比，和好親比也。彌，竟也。自始來至代去，順適如一。根上「射遞代」句。弱顔固植，謇其有意些。弱，柔也。其冶容如荑，堅立如山也。謇，難言貌。欲啓口而若難，甫聆聲而有味也。姱容脩態，絙音桓洞房些。絙，緩也。以美容而脩飾其態，既代而歸洞房，有舒緩不迫之意。根上「容態」二字。蛾眉曼睩音禄，目騰光些。曼，長細貌。睩，謹視貌。騰光，目光揚精彩也。靡顔膩理，遺視矊音綿些。靡，精緻也。膩，細滑也。遺視，竊視也。矊，脉也。脉爲藏府之氣分流四支者。言竊視間無不審也。離榭脩幕，侍君之閒些。在洞房別榭長幕中，俟君有暇而命代，又往侍也。○此分言室中之侍女皆美而慧。

翡帷翠帳，飾高堂些。紅壁沙版，玄玉之梁些。板之色，淡黄如沙；梁之色，淺黑如玄玉。是塗堊之匀稱。仰觀刻桷，所鏤之椽。畫龍蛇些。是彩畫之尊貴。坐堂伏檻，臨曲池些。伏，憑也。上是仰觀，此是俯臨。曲池，即上文引用谷之流而爲之者。是朝向之幽雅。芙蓉始發，雜芰荷些。紫莖屏風，文緣波些。屏風，水葵也。風起水動，波緣其葉上而生紋皺，皆曲池中之可玩者。文異豹飾，侍陂陁些。從人皆着異采，斑駁如豹，日侍於平漫連延之處。軒輬 音凉既低，步騎羅些。軒，藩車。輬，臥車。凡車待駕，前方低而未昂也。徒行曰步，乘馬曰騎，羅列待發。是侍衛之衆多。蘭薄户樹，瓊木籬些。薄，迫也。蘭迫户而種，取其芳；玉樹爲籬落，取其貴。是出入遊行之路，無不周備。魂兮歸來！何遠爲些？何用遠去爲乎？〇此分言堂中結構之精美。

室家遂宗，食多方些。室家中，或欲遂宗人之歡，當爲設食，而烹飪多有方法。稻粢穱 音卓麥，挐 女居反黄粱些。粢，稷也。挐，糅也。黄粱，號爲竹根黄，合而爲飯。是治五穀之方。大苦鹹 鹹同酸，辛甘行 叶杭些。行，用也。是治五味之方。肥牛之腱，臑 音乾儒若芳些。腱，筋頭。臑，爛也。若，杜若，用以去腥也。和酸若苦，陳吴羹 叶郎些。吴人善作羹。煑牛腱，又調以味，如吴羹也。胹 音而鼈炮羔，有柘漿些。胹，煑也。炮，合毛裹物而燒之也。柘，一作蔗。鵠酸臇 予兖反鳧，煎鴻鶬些。臇，小臛也。鶬，倉庚。以酢漿烹鵠鳧爲羹，用膏煎鴻鶬也。露雞臛蠵 音臛擕，厲而不爽 叶霜些。露雞，露棲之雞。有菜曰羹，無菜曰臛。蠵，大龜之屬。厲，烈。爽，敗也。粔籹 音巨女密餌，有餦餭 音張皇些。粔籹，環餅也。餌，糕也。餦餭，乾錫也。十六句皆所以食者。瑶漿蠠 幕同勺，實羽觴些。蠠，通作幕。勺，挹酒器。實，滿也。羽觴，形如生爵。言舉蓋尊之幕，用勺酌酒而實爵也。挫糟凍飲，酎 音肘清凉些。挫，提也。酎，醇酒也。盛夏則爲覆甗乾釀，提去其糟，但取醇酒置之冰上，取其清涼以飲也。華酌既陳，有瓊漿些。酌，酒斗。陳，列也。瓊漿，即瑤漿。言恣取之，可以不窮也。六句皆所以飲者。歸反故室，敬而無妨些。宗族皆知尊敬，不以飲食之盛爲有害也。○此分言堂中飲食之精美。

肴羞未通，女樂羅些。羞，進。通，徹去也。敶鐘按鼓，造新歌些。歌以新造爲貴。涉江采菱，發揚荷些。發，發聲也。三者皆新造歌名。美人既醉，朱顏酡些。酡，赭色著面也。娭嬉同光眇視，目曾層同波些。半醉半醒，嬉戲目光，如波紋之轉。被文服纖，麗而不奇歆同些。所被服者，華采而細嫩，其容則都美而端整也。長髮曼鬋，豔陸離些。鬢髮瑤光。二八齊容，起鄭舞些。二列一齊粧束，起身而爲鄭國之舞。衽若交竿，撫案下叶户些。衣衽掉搖，回轉相鉤，狀如交竹竿，以手抵按而徐下行。竽瑟狂會，搷音填鳴鼓些。狂，猛。會，並作也。搷，擊也。以鼓節音。宮庭震驚，發激楚些。激楚，清淒之曲名。以響過大，宮庭之人無不動而且駭，又發清淒之曲以止之。吴歈音俞蔡謳，奏大吕些。歈、謳，皆歌之別調。大吕爲六吕之一，正音也。以清淒之曲不宜久奏，又參以吴蔡二國別調之歌，而卒歸於六吕之正音方止。○此分言堂中歌舞之工妙。士女雜坐，亂而不分些。歌舞既畢，猶恐不能盡歡，故令歌舞之女，與賓雜坐，不定次序，以忘分爲樂也。放陳組纓，班其相紛些。放，解也。陳，列也。組以束衣，纓以繫冠，解而列諸他處，謂除去衣冠也。班，次。紛，亂也。此雜坐之士亂而不分者。鄭衛妖玩，來雜陳些。妖玩，妖冶可玩之女。激楚之結，獨秀先叶新些。惟發激楚之女，其結束之容，獨秀異而當先。此雜坐之女，亂而不分者。菎蔽音昆敝象棊，有六簙些。菎，竹名。蔽，愽齒也。投六箸，行六棊，故爲六簙。菎蔽作箸，象牙作棊。分曹並進，遒相迫叶薄些。曹，偶也。決賭之財曰進。遒，盡。迫，窘也。各分其偶，並出決賭之財，盡相窘迫也。成梟而牟，呼五白些。簙頭梟形爲最勝。倍勝曰牟。五白，簙齒也。言棊已梟，當成牟勝，故呼「五白」以助投，所謂相迫者。晉制犀比，費白日些。比，合也。以犀合於箸而爲飾，晉國之制獨精。人耽投而不捨，不顧其日之暮也。鏗鐘搖簴，揳絜同梓瑟些。簴，懸鐘格。擊鐘有聲而格自動，絜度梓瑟以備彈。言堂中六簙尚未散，而堂下又擊鐘，以催登堂縱飲也。〇此分言堂中戲玩之畢盡。

娛酒不廢，沈日夜叶務些。廢，輟也。沈，溺也。夜字根上「費白日」句來。蘭膏明燭，華燈錯措同些。華燈，置燭之錠，夜飲所需。結撰至思，蘭芳假叶故些。人有所極，同心賦些。當此之時，結構撰述其深至之情，借蘭芳爲詞以相樂。蓋爲同心之言，其臭如蘭，傾倒之極而作賦也。酎飲盡歡，樂先故些。宴飲之歡，至此已盡。非爲他故，以祖先在此，故舊在此，樂自有不能已耳。魂兮歸來！反故居叶去聲些。自「高堂邃宇」句至此，俱設爲不必然之詞。且原之志，不在室家聲色，而在致君澤民，以此爲招，豈能相動？但篇首「帝告巫陽」，有「我欲輔之」之語，則魂歸反於身，必爲帝所輔，得行其志。雖安富尊榮，窮奢極欲，不爲泰也。巫陽之詞止此。

亂曰：自叙應前。獻歲發春兮汩吾南征，獻，進也。比舊加一歲，故曰獻。原以仲春遷江南。菉蘋齊葉兮白芷生。新春景物。路貫廬江兮左長薄，貫，通也。廬江、長薄，皆地名，放逐所歷。倚沼畦瀛兮遥望博。倚，依立也。楚人名池澤爲瀛。路上或立於沼畦瀛之間，而遠望無人民，所見甚廣也。青驪結駟兮齊千乘叶平聲，結，連也。齊，同也。從車同行甚多。懸火延起兮玄顔烝。懸火，懸鐙也。言夜獵懸鐙，延燒野澤，天顔被薰變色。步及驟處兮誘騁先，徒步者，能疾行至驟馬所至之處。誘，前導也。其馳騁之疾尤先。抑騖若通兮引車右還音旋。若，順也。止馳騖者使順通獵事，引車右轉以射獸之左也。與王趨夢兮課後先叶私，夢澤在江南，跨江北。因遥望博，故得見。君王親發兮憚青兕叶詞。憚，負矢懼而走也。言當春被放之時，頃襄至江南夜獵，見之而心益傷，魂所以離散。朱明承夜兮時不可淹，日夜相承易逝。皐蘭被徑兮斯路漸音先。皐，澤。被，覆。徑，小路。漸，没也。忽忽又春深以後矣。湛湛江水兮上有楓叶歆，惟有江水楓木，尚如故也。目極千里兮傷春心。此時遥望，亦無堂室，亦無酒食，亦無歌舞，亦無宗族。思巫陽所招之言，如夢方覺，勢必不得，能無傷心欲絶哉！魂兮歸來哀江南叶寧。國無良弼，而令尹子蘭及諸讒諛，日導君於禽荒，所行無度，使江南奥區，彫喪索寞至此，真可哀也！魂即歸來，惟終於愁苦而已。此無可奈何之詞也。

林西仲曰：古人招魂之禮，爲死者而行，嗣亦有施之生人者。屈原以魂魄離散而招，尚在未死也。但是篇自千數百年來，皆以爲宋玉所作，王逸茫無攷據，遂序於其端。試問太史公作屈原傳贊云：「余讀招魂，悲其志」，謂悲原之志乎？抑悲玉之志乎？此本不待置辯者，乃後世相沿不改，無非以世俗招魂皆出他人之口，不知古人以文滑稽，無所不可，且有生而自祭者。則原被放之後，愁苦無可宣洩，借題寄意，亦不嫌其爲自招也。朱晦庵謂後世招魂之禮，有不專爲死人者，如杜子美彭衙行云：「煖湯濯我足，剪紙招我魂。」道路勞苦之餘，爲此禮以祓除慰安之，何嘗非自招乎？

玩篇首自叙，篇末亂詞，皆不用「君」字，而用「朕」字、「吾」字，斷非出於他人口吻。舊注無可支飾，皆謂宋玉代原爲詞。多此一番回護，何如還他本文所載，直截明顯，省却多少葛藤乎？故余決其爲原自作者，以首尾有自叙、亂詞，及太史公傳贊之語，確有可據也。

若係玉作，無論首尾解説難通，即篇中亦當倣古禮，自致其招之詞，不待借巫陽下招，致涉游戲。且撰出許多可畏可樂之事，茫不知原之立志，九死未悔，不爲威惕，不爲利疚，其爲招之術，毋乃疏乎？

通篇段落甚明，開口叙魂魄離散之因，轉入帝告巫陽，招於四方上下。而以故居堂室之樂爲招之詞，又分出室中、堂中二處，件件工妙，令人快樂無比，而終以亂詞悲愴作結。蓋以懷王留秦未返，而君正當臥薪嘗膽之時，猶向江南荒寂之境，夜遊遠獵。先後從車中，不過如子蘭、上官、靳尚之輩。美政無聞，國事日非，魂若歸來，觸目傷心。是快樂爲虛詞，哀江南爲實事，哀江南正所以哀楚。終其身於愁苦，魂魄之離散，帝亦無如原何矣！

或譏其爲詭怪之談，荒淫之志，豈離騷、天問所引鬼神異物，皆所實有，非詭怪乎？篇中所謂「入脩門」、「反故居」，指楚王召還大用言；所謂豹飾之侍、步騎之羅，指官屬侍衛從以入朝言，即帝所云「我欲輔之者」，此也。丈夫得志於時，安社稷而奠民生，如管仲三歸、魏絳女樂，皆所固有，不嫌踰分，又何荒淫之有？世儒眼如豆大，且看文義不明，宜有是説，可置之不論矣。

大招

青春受謝，白日昭只。物到冬寒而凋謝，春至受之日光，照地漸温。只，語詞，即詩經用「止」字之義。○點出懷王自秦歸葬之候。春氣奮發，萬物遽叶渠驕反只。遽，猶速也。言物皆以氣奮而速生，是死者亦可乘生機而動矣。冥淩浹行，魂無逃只。淩，歷也。此冥中無拘繫，任其所歷，可以周浹而行。按懷王亡走趙而被追，再入秦而病死，則魂之思逃可知。「無逃」二字，便可定其爲招懷王而作矣。魂魄歸徠來同，無遠遥只。不待遠去。○已上是大招冒頭。

魂乎歸徠！無東無西，無南無北只。申上「無遠遥」意，總一句起下。東有大海，溺水

浟 滺同浟只。溺水，水性善沉溺也。浟浟，流迅疾貌。螭龍並流，上下悠悠只。悠悠，流之長也。霧雨淫淫，白皓膠只。淫淫，久而不歇之意。其氣色合成白皓，如膠粘之不分。魂乎無東，湯谷寂寥只。湯谷，即暘谷，人跡不到。〇此言東方之不可往。

魂乎無南，南有炎火千里，蝮蛇蜒只。蜒，長曲貌。山林險隘，虎豹蜿 叶烟只。蜿，蟠動貌。鰅鱅 音雍短狐，鰅鱅，狐類，狀如犂牛。短狐，蜮也。王虺騫只。王虺，蟒也。騫，舉也。三物皆舉頭。魂乎無南，蜮傷躬只 叶居延反。蜮能水中射人影，言即能防諸物之明害，恐難免蜮之暗傷也。〇此言南方之不可往。

魂乎無西，西方流沙，漭洋洋只。漭，大野。洋洋，無涯貌。豕首縱目，被髮鬤 音央只。縱，竪也。鬤，亂貌。長爪踞 鋸同牙，誒 音嬉笑狂只。誒，可惡之詞。西方有神，其狀如此，能傷人也。魂乎無西，多害傷只。此言西方之不可往。

魂乎無北，北有寒山，逴龍赩 許力反只。逴龍，寒山名。赩，色赤無草木也。代水不可涉，深不可測只。代水，水名。天白顥 音皓顥，寒凝 叶逆凝只。顥顥，光貌。凝凝，氣結也。魂乎無往，盈北極只。其寒氣滿至北極方止，人必不能受其凍者。〇此言北方之不可往。已上四段，比自招之詞，無甚詭異。其不言上天入地者，以天上地下，人不得見，必造出神怪之談，有失對君莊重之體，此斟酌至當者。昔人謂其平淡醇古，爲景差所作，大謬。

魂魄歸徠，閒 閒同以靜只。無他患。自恣荆楚，安以定只。享用於國，可以任意無拘，身不危殆。不言歸故居，以國爲家。即此一句，更可決其爲招懷王而作矣。逞志究欲，心意安只。逞，快。究，終也。伏下十三段。窮身永樂，年壽延只。既死而言壽，乃不忍死其君之意也。伏下「曼澤怡面」一段。魂乎歸徠！樂不可言只。總言歸國之樂，下文方分言之。

五穀六仞，設菰粱只。六仞，積聚之多也。設，施也。菰粱，蔣實，一名雕葫。爲飯芬香，且柔滑也。鼎臑 音儒盈望，和致芳只。鼎鑊中所烹熟羹湯，滿目一望皆是，極其多也。又調和之，致其芬芳。内 納同鶬鴿鵠，味豺羹 叶郎只。鶬，鶬鶊。鴿，鵓鴿。鵠，黄鵠也。以此分別納入鼎中，而重以豺肉，故羹味尤美也。魂乎歸徠！恣所嘗只。此皆人之所必食者，故曰嘗。

鮮蠵甘鷄，和楚酪只。生潔曰鮮。蠵，大龜也。鷄肥則肉甘。酪，乳漿也。醢豚苦狗，膾苴蒪 音村只。醢，肉醬也。苦，以膽和醬也。膾，切也。苴蒪，一名蘘荷。言以肉醬和烝豚，以膽醬和狗肉，又切蘘荷以爲香，備衆味也。吴酸蒿蔞，不沾薄只。蒿，白蒿。蔞，蒿也，香脆可食。沾，多汁也。薄，味淡也。言吴人工調鹹酸，爚蒿蔞以爲韲，不濃不淡，適甘美也。魂兮歸徠！恣所擇 叶突只。此則人之有嗜有不嗜，故曰擇。

炙鴰烝鳧，煔 音潛鶉敶只。炙，燔。鴰，麋鴰也。煔，爚。鶉，鴽也。煎鰿臛雀，遽爽存 叶惇只。鰿，小魚也。以恒味而一經煎臛，而爽烈之致，遽存其中。魂乎歸徠！麗以先 叶新只。麗，美也。此乃饌之至美者，故曰先。○已上三段，皆言食之可以自恣。

四酎并孰 熟同，不歰 澁同嗌只。四酎，四重釀也。每重俱熟過，力遞加一重，以其醇極，故不澁喉。清馨凍歙 飲同，不歠役只。以其力厚，若熱飲，恐氣過盛而難支。下役之人飲之，必易醉而失儀，故不與歠。吴醴白糵，和楚瀝只。再宿曰醴。糵，米麴也。瀝，清酒也。以吴醴參入楚造之酒，另是一種，比前稍清矣。魂乎歸徠！不遽惕只。酒可解憂，得此可無惶遽悚惕之患。○已上言飲之可以自恣。

代秦鄭衛，鳴竽張只。當世四國之樂。伏戲駕辯，楚勞商只。駕辯、勞商，皆曲名。伏戲作瑟，造駕辯之曲，譜入瑟而彈之。楚人因之，作勞商之曲。又古樂也。謳和楊阿，趙簫倡 叶昌只。徒歌曰謳。楊阿即陽阿。謳之以和竽瑟，又先吹趙簫，爲謳之倡。魂乎歸徠！定空桑只。空桑，瑟名。辨定楚之勞商，合于古瑟與否。若竽簫時樂，本有定音，惟聽之而已，故但言定瑟。

二八接武，投詩賦只。歌女十六人，接跡分奏詩賦之雅音。叩鐘調磬，娱人亂只。治其亂曰亂。以金始，以石終，使詩賦之雅音有倫有脊，故可娱。四上競氣，極聲變 叶拚只。歌之四面合奏，上達至高，猶秦青遏雲之響，故曰四上。競氣，争用力以致其氣也。此乃至極之聲又成變調，故曰「極聲變」。魂乎歸徠！聽歌譔只。譔，述也。聽歌中所述之意也。○已上言音樂之可以自恣。招魂篇言女樂在于新歌鄭舞，此則不言舞，而歸重于定伏戲之古瑟；招魂篇言自作同心賦，此則言二八投詩賦。蓋定樂乃帝王之事，國君有侑食之樂，故接叙于飲食之後。即此尤可決其爲招懷王而作矣。

朱脣皓齒，嫭音護以姱古胡反只。嫭、姱，皆美也。比去聲德好閒音閑，習以都只。比，同也。衆女皆喜閒静之德，而不輕佻，且習於威儀而不鄙野。豐肉微骨，調以娱只。體澤而柔，調適歡樂。魂乎歸徠！安以舒只。身止其所，而得舒展其意。

嫮嫭同目宜笑，蛾眉曼只。宜，恰好之意。曼，長而輕細也。容則秀雅，穉朱顔只。則，法。穉，幼也。魂乎歸徠！静以安只。心無他擾，而得馴伏其神。

姱脩滂浩，麗以佳叶幾只。滂浩，廣大也。麗，附依也。自治德性，寬能容人，與其類附依，無非佳者。曾層同頰倚耳，曲眉規只。面容圓滿，覺頰之加層，耳之貼後，眉之鉤彎。滂心綽態，姣麗施只。施，加也。心廣大而態亦綽約，不争美處更加其美。中上「姱脩滂浩」句。小腰秀頸，若鮮卑只。鮮卑，衮帶頭也。言腰頸之細，若以鮮卑之帶約而束之使然。是面容圓滿，不落癡肥矣。中上「層頰倚耳」句。魂乎歸徠！思怨移只。入宫見妬，恩移則怨生。一思及此，則是女不易得，誠可樂矣。

易中和心，以動作只。其中心樂易和平，施之行動作止之間，與人相宜。粉白黛黑，施芳澤只。以芬香膏澤施之衣也。長袂拂面，善留客只。侍宴時之舞態，以芳澤拂粉黛，使客留戀而不忍去。魂乎歸徠！以娛昔只。昔，夕也。可以侍寢。

青色直眉，美目媔音綿只。直，當也。青色當當值於眉，不資於黛。媔，有流眄之佳。靨輔奇牙，宜笑嗎只。靨輔，頰車也。嗎，笑貌。靨輔在外，奇牙在内，姿致相稱，故笑得恰好也。申上「嫮目宜笑」二句。豐肉微骨，體便平聲娟只。便利而娟好。申上「豐肉微骨」二句。魂乎歸徠！恣所便只。此乃本質自然之美，任從所便，安而用之。〇已上五段，皆言美人之可以自恣。招魂篇美人止形容其歌舞之妙，此則初言「比德」，次言「姱脩」，又次言「易中和心」，俱在性情上描寫，而以「穉朱顔」一句錯綜插入，語語與鄭袖嫉妬行讒對針。且袖事王日久，論其年亦可廢，有自然之美者可另擇所便也。即此更可決其爲招懷王而作矣。

夏屋廣大，沙堂秀只。沙堂，以沙磨令瑩平也。秀，異也。此離宫也。南房小壇，觀絶霤只。其中向南之房，又有不屋之平臺，房上樓簷，捲水別通，不濺滴於平臺也。曲屋步欄，宜擾畜叶嗅只。曲屋，周閣也。步欄，長廊可步行者。擾畜，馴養禽獸也。騰駕步遊，獵春囿只。未至囿則乘車，既至囿則徒行，方可盡其遊之樂。獵，搜玩無所不至，若田獵者然，非真獵也。瓊轂錯衡，英華假叶故只。所騰之駕，以玉飾轂，以金錯衡，大有光耀。假，大也。茝蘭桂樹，鬱彌路只。鬱，叢生貌。彌，滿也。遊行所歷皆芳。魂乎歸徠！恣志慮只。可任其賞玩，以舒平昔之憂。

孔雀盈園，畜鸞皇只。鸞，鳳凰之佐。鵾鴻羣晨，雜鶖鶬只。鵾，三尺鷄。晨，旦鳴也。鶖，水鳥。鴻鶬代遊，曼鷫鷞只。曼，曼衍也。鷫鷞，西方神鳥也。六句皆囿中之物。魂乎歸徠！鳳凰翔只。鳳有道則見，不在囿中，以王歸楚必能致治，故翔也。伏下文六段。〇已上二段，言離宮苑囿之可以自恣。招魂篇先提出堂室，着實描寫，然後落入美人、宗族、飲食、歌舞之娛。此則甫言歸徠，便叙飲食歌詩畢，方轉入離宮苑囿，蓋懷王宮殿現存，不待別營堂室也。即此更可決其爲招懷王而作矣。

曼澤怡面，血氣盛只。心寧則身可養。永宜厥身，保壽命只。身養則年可延。室家盈庭，爵禄盛只。室家，宗族也。宗族皆在朝受富貴，此親親之道，致治之本也。魂乎歸徠！居室定只。以爵禄之厚薄，而定其居室之小大，所以别其才而勵其功也。此段結上生下。

接徑千里，出若雲只。徑路相接者甚遠，民出而行于徑者甚多。地廣民衆，此有爲之資也。三圭重侯，聽類神叶式云反只。楚僭王號，其臣皆有公侯伯之稱。重，猶貴也。類，祭名。祀神所以治民，重臣從祭，此有爲之輔也。察篤夭隱，孤寡存只。夭，不壽。隱，不達也。察而厚之，使孤寡得以全其生。此仁民之政，所以繼親親而行也。魂乎歸徠！正始昆只。另與臣民更始，自爲正以垂後也。

田邑千畛，人阜昌只。畛，田上道也。城鄉之廣，民無不阜盛而昌熾，不但孤寡存而已。美冒衆流，德澤章只。民之流品不齊，皆有美政以覆冒之，故德澤明於世。先威後文，善美明　叶芒只。如有不率，則先罰以示威，而後以文撫之。蓋君之善美既明，而民之善美亦不可不明也。魂乎歸徠！賞罰當　叶平聲只。善美明則賞罰當，勸懲之法備矣。

名聲若日，照四海　叶喜只。德澤之章極矣。德譽配天，萬民理只。所冒者無不屆。至此亦不待賞罰矣。北至幽陵，幽州。南交阯只。西薄羊腸，東窮海只。羊腸，山名。在太原晉陽之西北。四方皆聞德譽，所以謂之配天。魂乎歸徠！尚賢士只。德譽遠播，則四方賢士必争歸之，故可得而尚也。

發政獻行　去聲，禁苛暴只。自上布法令曰發政，自下進治狀曰獻行。俱以寬大爲主。舉傑壓陛，誅譏罷　叶抱只。立乎百官之上謂之壓。誅，責而退之也。譏，謂當得譏議者，以無品也。罷，謂當得罷斥者，以無才也。俱於獻治狀時考之。直贏在位，近禹麾只。直贏，爲人立品正直，而才又有餘者，使之在位。極邊境之遠，凡在位者無不然。禹麾謂禹所指麾之處，遠之極也。豪傑執政，流澤施只。既舉以壓陛，必爲執政。惠澤流行，無不被其施矣。魂乎歸徠！國家爲只。如此則楚國大治矣。

雄雄赫赫，勢盛也。天德明　叶芒只。天德，即上文配天之德。德以勢盛而益明，天下誰有不服者乎？三公穆穆，登降堂只。國中立太師、太傅、太保，論道燮理，倣周官之制。諸侯畢極，立九卿叶康只。極，至也。俟天下諸侯皆至而朝楚，遂立九卿之職以備官。純乎！其爲一代之興王矣。昭質既設，大侯張只。昭質，謂射侯所畫之粉地。大侯，射之布也。王者當制服諸侯，故名布爲侯而射之。既設而張，所以制服諸侯也。執弓挾矢，揖辭讓叶羊只。射之禮，三揖而升。射以觀德，仍以德懷柔之已。魂乎歸徠！尚三王只。尚，尊之而奉其法也。以禹湯文武爲尚，則爲政於天下可知。〇已上五段，言養民教民，舉賢任能，治國家，朝諸侯，繼三代而興。其自恣荆楚，逞志究欲，可謂無所不盡。語語皆帝王之事，非原所能自爲。讀至此，則爲招懷王而作，不待問而自明矣。

林西仲曰：大招一篇，王逸既謂屈原所作，又以或言景差爲疑，尚未决其爲差作也。嗣有以差語皆平淡醇古，遂定其當出於差，全不顧其篇中文義。總以漢志有「屈原賦二十五篇」之語，漁父以上既滿其數，而招魂、大招兩篇未有着落，故一歸之宋玉，一歸之景差耳。而李善又以大招篇名，改招魂爲小招。試問玉與差皆原之徒，若招其師之魂，何以見差之招當爲大，玉之招當爲小乎？後人守其説而不敢變，相沿至今，反添出許多强解，附會穿鑿，把靈均絶世奇文埋没殆盡，殊可歎也！

攷班孟堅漢志作於東漢，去原之世已遠，而傳疑之説已在作志者之先，孟堅參之時論如此，遂執二十五篇之數以爲左驗，可乎？

且九歌十一篇，前此淮南與劉向皆定之以九，漢志因之。若不合之二招，僅二十三篇耳。即謂二招在二十五篇之內，方足其數可也。於玉與差何涉？

王逸雖知爲原作，又言作於放流九年，自招其魂；宋晁補之決其爲原作無疑，但不知其招何人耳。皆非確論。

余謂原自放流以後，念念不忘懷王，冀其生還楚國，斷無客死歸葬、寂無一言之理。骨肉歸於土，魂魄無不之。人臣以君爲歸，升屋履危，北面而皋，自不能已。特謂之大，所以別於自招，乃尊君之詞也。

篇中段段細叙，皆是對懷王語。開首提出「魂無逃」三字，便是懷王逃秦隱衷。生前之神與死後之魂，總爲一念所轉，所以有四方之招也。

所云飲食之豐，音樂之盛，美人之色，苑囿之娛，皆向日所固有，其中亦各有制，與招魂大不相同，不爲逸欲。至末六段，説出親親仁民，用賢退不肖，朝諸侯，繼三代，分明把五百年之興，坐在懷王身上。雖屬異樣歆動，其實三代之得天下，實不外此。此皆帝王之事，原豈能自爲乎？

舊注認定景差招原，不得不硬添楚王舉用等語，以致文義難通。最可怪者，開首「魂無逃」三字，乃禁止之詞，即下文「無遠遥」、「無東」、「無西」、「無南」、「無北」之意也，竟解作春氣奮發，魂魄之已散而未盡者，亦隨時感動而無所逃。獨不思魂魄既散，安有所謂未盡者？若果無所逃，即亦不能他往，不能來歸，何必戒其「無遠遥」，又爲此無益之招乎？且與「隨時感動」四字，語意絶不相接。總因錯認題目，以原未死而景差招之，故乖謬支離至此。若王逸謂「玄冥之神，徧行淩馳於天地間，收其陰氣，閉而藏之，故魂不可以逃」，其荒唐不特辯，亦不屑辯也。

【校勘記】

〔一〕賊，原作「賤」，據正文改。

圖書在版編目(CIP)數據

楚辭燈 / (清) 林雲銘撰;于淑娟點校. —上海:上海古籍出版社,2019. 3
(楚辭要籍叢刊)
ISBN 978-7-5325-9126-8

Ⅰ. ①楚… Ⅱ. ①林… ②于… Ⅲ. ①楚辭研究 Ⅳ. ①I207. 223

中國版本圖書館 CIP 數據核字(2019)第 034732 號

楚辭要籍叢刊

楚辭燈

[清] 林雲銘 撰
于淑娟 點校

上海古籍出版社出版發行
(上海瑞金二路 272 號 郵政編碼 200020)
(1) 網址: www. guji. com. cn
(2) E-mail: guji1@guji. com. cn
(3) 易文網網址: www. ewen. co
上海展强印刷有限公司印刷
開本 850×1168 1/32 印張 5. 625 插頁 4 字數 97,000
2019 年 3 月第 1 版 2019 年 3 月第 1 次印刷
印數: 1—3,100
ISBN 978-7-5325-9126-8
I·3357 定價: 28. 00 元
如有質量問題,請與承印公司聯繫